Jane Jervis-Read's writing has been published in *Overland*, *Eureka Street* and *Cordite Poetry Review*. She lives on the Yarra River with three housemates, six goldfish and ten thousand flying foxes.

Midnight Blue
and Endlessly Tall

Jane Jervis-Read

First published in Seizure by Xoum in 2013
Reprinted in 2013
Xoum Publishing
PO Box Q324, QVB Post Office,
NSW 1230, Australia

www.seizureonline.com
www.xoum.com.au

ISBN 978-1-922057-44-0 (print)
ISBN 978-1-922057-43-3 (digital)

Cataloguing-in-publication data is available from the
National Library of Australia

Cover, internal design and typesetting © Xoum Publishing 2013
Cover design by Xou Creative, www.xou.com.au

Midnight Blue and Endlessly Tall

Eloise wakes before me. She walks to the front door and into the yard. I hear the lid of the mailbox open and shut. Outside, the day is bright, a tram is passing on the main road and, sitting on an electrical wire above the house, a magpie is singing.

When Eloise sleeps she ceases to fret. I know the velvety blinds of her eyelids and the rise and fall of her chest beneath its nightshirt, beneath the sheets – three weeks soiled and waiting for me to change them. But Eloise doesn't notice.

She is in the kitchen now. The kettle boils and she opens a cupboard which pops from its catch.

It's time for me to get up, to help her with these things, to make her breakfast – which will be toast because it is always toast. Then she will go to her studio and I won't be able to waylay her a moment. 'Shouldn't you have a shower?'

I will say, and she will turn her head towards me then away and say she had one yesterday. 'What about brushing your teeth?' But she will already be walking out the back, screen door sighing closed behind her, slippers scuffing the concrete, spanning the distance between the kitchen and the shed.

The corrugated roof casts a shadow over the entrance. Against the steel wall is flotsam junk: a cracked plant pot, a wheel without its tyre, the rusted frame of a golf buggy. But inside the shed a world awaits. From the window I watch the shadow drink her in.

To start with I was paid. I belonged to the Northern Support casual carers bank and went several days a week to homes around Brunswick, caring for those who couldn't care for themselves. Often it was the elderly, occasionally a young handicapped person, but all with mental health issues. That was the agency's client pool. I had a few regulars and I liked the work. My aunt suffered from psychosis – or rather we all suffered from my aunt's psychosis – and she drowned in the Balwyn Rec diving pool when I was thirteen. So it felt important to work with people who still had a chance at survival. Survival is a funny thing, though. When you see a kid upended from his wheelchair on the floor of a commission house, with shit up both arms and his face half gleeful and half terrified and you don't know how long he's been there or whether the last carer arrived for their shift eight hours ago, you wonder about the pros and cons of survival.

But Eloise wasn't like that. It wasn't that she seemed well – most of the time she was agitated and dishevelled and her small weatherboard house was chaotic. But she was different from any other client I had visited. Was it just that she was beautiful?

She was in her mid-thirties and had dark hair, almost black, which was bunched messily in a rubber band. The day I met her she wore a loose dress without a bra and a cardigan over the top.

'I'm Jessica,' I said. She looked at me quickly then looked away. 'I'm going to help you a few days a week.'

'With what?'

'Whatever you need help with,' I replied. 'Taking you to appointments, doing the washing, making dinner.'

'It's too early for dinner.'

'Sometimes I help my clients make a big pot of something and then we freeze it.'

'What for?'

'For tomorrow's dinner.'

From the kitchen doorway she stared at a point in the corner of the room and her fingers flattened against her sides. Sensing her discomfort, I sat down at the table. It was a decent round one with four matching chairs, the sort you get at IKEA. It seemed at odds with the rest of the furniture and I guessed that someone else had bought it. I wondered who loved this girl and where they were now.

'What do you usually do at this time of morning?' I asked her.

'I work.'

'What do you work on?'

'Are you a psychologist?' she asked and I assured her that I wasn't. 'They said someone was coming but I didn't know who.'

'I'm a carer.' I changed tack and told her about my kids and how the youngest one left home three years ago for art school. 'She paints murals.' I got up to make myself a cup of tea, checking first that that was all right. Eloise nodded absently. The kettle was unplugged and the powerpoint duct-taped.

'You can plug it in,' she said from the doorway. 'Just don't forget to tape it up again.'

I filled the kettle with water and sat down.

'Of what?' Eloise asked.

I realised she meant my daughter's murals. 'She designs them with schools or community groups. Usually they are big and bright and have pictures of trees and people laughing on them.'

'Does everyone paint them or just your daughter?'

'I think everyone has a go but I'm not really sure. It must get pretty messy with all those kids and paintbrushes.'

'I paint,' said Eloise.

'Oh yeah?'

'I've never painted a mural. I make homes.'

'Would you like a cup of tea?' I asked her. The kettle was boiling.

'I have about eighty,' she said.

'That's a lot.'

'I know. They all have curtains and doors and telephones. My mother said I should spend more time on my real home and less on these little homes.'

I laughed. 'Sometimes we mothers don't quite understand.'

'This isn't my real home, though.' She gestured with a thin hand to the room around her. 'It's just a shell. Just where I am right now.'

I took in the yellowy walls and the cheap curtains drawn halfway against the bare Brunswick light. It was mid-morning and the cold sun was bouncing off the concrete in the yard. There were a couple of op-shop prints. Clothes and dirty dishes were strewn about. A blanket was bunched up on the couch, which was turned to face a small, unplugged television sitting on an upturned milk crate.

'I might have a shower now,' Eloise said when the tea was made and I sat the mug in front of her. 'Can you help me?'

I was thrown by the request. I hadn't been told that the client would require physical assistance.

'Of course.' I dusted my hands on my hips and set my mug on the table. 'These should cool just in time.'

—

Eloise stood on the bathmat and pulled off her socks by standing on one toe, then the other and stepping out of them. I helped her with her cardigan and turned on the water.

'Will you get in?' she asked.

'No,' I said. 'We don't do it like that.'

She raised her arms. I thought it was strange but I didn't want to embarrass her. I took the cue and pulled her dress over her head.

Sometimes it still startles me to see a wild body; the protruding ribs and hips and the loose, empty-looking belly. Dark down lined Eloise's spine and her bush spread wide and high. There were black hairs snaking out around her nipples. I tested the water and adjusted the cold, then told her it was all right and she stepped in. She put her whole head under and opened her mouth. The water made liquid of her hair and flowed down over her face.

'What about soap?' I asked and she looked around for a cake but there was none. I checked in the cupboard beneath the sink. 'You can use shampoo, on your hands and under your arms. I'll get you some soap for next time.'

She stood under the shower for a long time. I got the feeling it was not something she did very often. At one point I went to leave but she requested that I stay. I tidied up around the sink and wiped it clean with toilet paper. I shook out the hand towel and a bath towel and hung them on their racks. Eloise turned off the taps and stepped out of the tub. She stood dripping on the mat.

'That drain wants clearing,' I said, noting the water still swirling around the plughole.

Eloise didn't look at it. She was looking at me. I handed her the towel.

I turned the key in my front door. It opened easily since the handyman had been and shaved a little wood from the top. I bundled down the long hallway with my shopping bags. Pedro wove urgently around my feet.

I dumped the bags in the kitchen and went back to close the door. The light on the answering machine in the hall was flashing. It was Mum. She had forgotten whether she had taken her medication that morning and asked if I could come over and help. I checked my watch. That was six hours ago. I called instead and promised I'd be over after dinner.

The radio kept me company while I unpacked the groceries. I upturned a beef and kidney meal into Pedro's dish and he approached it gingerly, as if hoping for something fancier.

'It's the fine dining series,' I assured him.

I tucked up on the couch to eat my dinner: lamb casserole from a packet with steamed string beans. I pulled the blanket around me and watched a woman win $10,000 by guessing which briefcase contained the suit of hearts. She screamed and leapt in the air, clutching the host's hand, who laughed paternally. Did he really feel joy at her success? Would he feel it again tomorrow if the contestant won again? When the punters gambled and lost, the host did not share their sorrow. 'Bad luck, Lucy-Ann,' he would say with that same smile, turning to face the camera. 'But you're not going home completely empty-handed.' There was usually a board game or a blender given to the losers. But it was no consolation for $10,000. Everything was lost; you could see it in their faces.

—

My mother had been watching the same show at her unit. She was half-asleep in the armchair when I arrived and the television was on very loud.

'Mum,' I said and she stirred.

'Jessie.'

I bent to kiss her.

'You look very smart.' She brushed down the blanket wrapped around her legs.

'Do I?'

'Yes, in your slacks. Have you been working?'

'Yes Mum, but I don't usually get told I look smart at work.'

'Where've you been working then?'

'In Brunswick today.'

'In Brunswick?' She located her glasses on the coffee table and slid them onto her nose.

'Now, what's the matter?' I asked. She looked at me blankly. 'Your pills?'

'I don't know if I've taken them.'

I went to the kitchen and found the cardboard box of her meds. The plastic seal was still stuck to the end. 'This is unopened.'

'But maybe I finished the last box this morning.'

I checked the bin. 'Nope. But wait till tomorrow now. Have you had dinner?' I looked at her diminutive frame, sunken into the posturepedic armchair and knew before she spoke that she was going to lie to me.

'I ate a bit earlier. Do you want to watch this with me? Now, what is it?' She rummaged around for the green guide.

'I've got to get going, Mum. But one of your carers is coming in the morning. Ask her to make a pot of something and freeze it for you, okay?'

'Okay,' she said. 'Now off you get. Good of you to come.'

As I drove home I thought how empty the roads between Alphington and Carlton were. The yellow streetlights shone at regular intervals on the black road and extended into the night.

The electrical switches at Eloise's house were kept off and most of the powerpoints had been taped over. Any time I wanted to use a lamp or an appliance, I first needed to remove the tape, insert the plug and turn the switch on at the wall. I made the mistake of buying a litre of milk and a block of cheese during that first week, only to find them spoiled inside a lukewarm fridge upon my return. But I started to get used to the way Eloise did things.

The agency had given me a key but I made a habit of knocking. Sometimes Eloise wouldn't answer the door and would draw the curtains of the front room while I stood waiting. 'Eloise,' I'd say if the window was open. 'If you let me in, I'll clean up inside. You can go to the studio. You won't even notice I'm here.'

If she still didn't answer I'd say, 'I get paid for working here . . . If I don't come in, I don't get paid.' Which wasn't true but it usually did the trick.

At the end of each shift I made notes in Eloise's file. Most Northern Support carers are not nurses, so minimal detail is required. The notes are a way of keeping workers accountable to the agency, recording which meds have been taken, and tracking any changes in behaviour which might indicate that a prodromal period is beginning, the phase which precedes an epi-sode. *Eloise was in good spirits today,* I would write. *Mail opened and water bill paid. Lamb sandwich eaten for lunch. Afternoon meds taken.*

—

'I like your grey hairs,' Eloise said to me one afternoon as we sat at the kitchen table drinking a pot of tea. Usually I brought a loaf of banana bread or something similar, under the auspices of wanting it with my tea but then I would forget to take it with me when I left. We had an allowance for food shopping but this was my treat.

My hand went to my temple. 'I have a lot.'

Eloise laughed. 'Well, if I say you do, and that I like them, it's a compliment.'

'I suppose. But if you told me you liked the hairs on my lip I don't think I'd be flattered.'

She laughed again. 'My mother has hairs on her lip.'

I sawed off a piece of banana bread and put it on her plate. 'It's something that happens as you get older.'

'How old are you?' Her black eyes met mine then slid away.

'I'll be fifty-two this year.'

'When?'

I cut myself a piece of the loaf and spread it with butter.

'When?' she asked again.

'Next month.'

Eloise took this in and broke the bread. 'Will you have a party?'

'Probably not.'

'I'd come if you did.'

'But I probably won't.'

'We could have a party,' she said. She pressed her fingers to the tabletop. 'Here, we could have it here.'

It was the first time I had seen her ignited by anything. She waited for a response and I had to fight not to shake my head.

'We could . . .' I began.

She stood. 'We could have a cake. Not a banana loaf but a real cake, with icing. And oranges. I know what I could give you.'

She pointed her finger at me and turned to leave. She went out the back and I heard the shed door open and close.

More than two hours passed before she came back. I did the dishes and put her sheets and doona cover in the washing machine.

It was a beautiful day outside. I would have liked to go with Eloise and walk through the streets of Brunswick. We would see the huge flat sky stretching above us, uniform in its starched blue behind bare nectarine trees and washing lines flapping with clothes.

She would forget about the party, I was sure. I had developed a way of communicating with some of my clients in which I never actually said 'no'. The word was not helpful with someone like Eloise. Under any circumstances 'no' would get me into trouble. It was easier to distract, to remain uncommitted, to wait for the natural and tangential flow of thoughts and events to take you downstream from whatever thing you were wanting to decline. She was distracted in the shed, working on her houses; she'd be absorbed there until some other thought or physical need arose.

But when she finally returned, she plugged in the kettle and leant against the bench to face me.

'What date?' she asked.

Every time I visited, Eloise would shower, insisting I stay in the bathroom. I thought she was nervous about showering alone because I could tell from her musty smell some days that she had not washed since my last shift. Each time it was the same. She stepped out of her socks and lifted her arms above her head. I would adjust the temperature and Eloise would get under the water. To begin with I averted my eyes but soon I let myself look. Eloise remembered herself in the shower. She remembered that she was alive.

The second or third week that I visited, she came out of the shower and did not take the towel when I offered it.

'You do it,' she said.

I passed the towel around her shoulders and arms and legs, being careful not to brush against her breasts. Most clients desire some physical contact. It's part of being healthy, to have someone touch your head or hug you or straighten your clothes. I rubbed her hair dry and untangled the rubber band from its bunch.

'Why don't you comb your hair out?' I suggested and she looked at herself in the smeared bathroom mirror.

'Could you?' she asked.

It's normal for clients to try flirting with you. Sometimes I flirted back, just to give them a kick. What harm did it do? Like it or not, you find yourself privy to their sexual worlds: you clean their sheets and bodies and rooms. Depending on how impaired they are, you may have to bare witness to their erections or dodge their ejaculations. It sounds coarse but you learn to laugh about it.

I remember pushing one girl in her wheelchair through Barkly Square. In Safeway she started rubbing herself through her clothes and began to orgasm, not just once but multiple times. She was non-verbal, cognitively impaired and loaded up with groceries. It was all I could do to keep moving and cover her with a blanket. Half her luck, I thought to myself as I calmly chose a can of tomatoes.

—

There is an organic grocery on High Street and I can afford to shop there because I buy so little. One potato, eight string beans, a squash.

The girl put my items into a paper bag and looked up at me. I always think I see a bit of curiosity or pity in her eyes. Surely she has other customers cooking for one?

'Six dollars fifty,' she said.

'Do you stock organic cat food?'

'We do.' The girl went to find it and passed me the tin. 'But cats don't usually like it.'

I turned it over in my hand to see the price tag. So, Pedro's dinner would cost more than mine. 'I'll give it a go.'

She shrugged.

I walked up the hill to my car and threw my bag of groceries onto the passenger seat. It's a good car. A Subaru Impreza that I bought last year. The suspension is incredible compared to my old touring wagon. That wagon was bought second-hand for Carly, my eldest, and I took it back when she was done with it – an '89 model, but still going strong, though it stuck in third and the passenger door wouldn't open from the outside and the air-con stopped working long ago. When I finally traded it in and bought the Impreza, it was like I'd been upgraded to business class. All the little extras felt like absurd luxuries: automatic windows, power steering, no choke required on a cold morning. And the suspension. By God. It felt like the car was floating an inch above the surface of the road. The car absorbed all the shock of potholes and speed bumps while I sailed smoothly, effortlessly forward. The funny thing was that after a while I missed the lumps and bumps.

I now had two whole days off, by virtue of casual scheduling. I would try to exercise and visit Mum. I would clean the bathroom and vacuum the floors. Maybe I would call my daughters.

I found a park out the front and went inside.

'Monsieur Pedro,' I said when his little bell jingled and he appeared behind me at the door. 'Tonight you dine *organique.*'

—

The contestant won the money again that night. She was a public relations worker from Brimbank and when she jumped up and down her large breasts jiggled obscenely at the scooped neck of her dress. I wondered if the television studio had outfitted her or if she had chosen her own clothes.

The phone rang and it was Mum.

'I'll be over tomorrow,' I told her. 'I'll take you out for coffee.'

The red light on the answering machine was flashing. It was Hannah.

'Hi Mum,' she said in a happy, sing-song voice which mocked the necessity of speaking to a machine. 'It's me-ee. Just ringing to catch up about a few things and yeah, just wanted to say hello. I'll be away for a few days out of reception but I'll ring you when I get home. Miss yo-ou. See you. Bye.'

The machine let out a few long and loud beeps to let me know that that was the end and there weren't any other messages. They echoed off the long hallway walls.

—

I don't know why I lied about my birthday. Even now it seems a strange thing to have done. I wasn't in the habit of lying to my clients. Usually I answered their questions honestly and if uncomfortable would just say,

'That's my business', or use a bit of humour: 'Who died and made you head investigator?' I had seen Eloise's birth date on the file – was that it? Noticed that the day was a week from my own.

Two scorpios. I remembered from my marriage what the 'experts' said about that. We like to feel intense emotion all the time, apparently, and any union is meant to be fraught with grief. I had fobbed it off when a friend first told me that. 'I'm meant to be fiery and brilliant too,' I reminded her.

Was I already anxious about my boundaries? Did I feel incompetent to defend them? I don't know why alarm bells didn't ring then. I don't know why they didn't ring when I followed Eloise into the bathroom on that first day and undressed her. She was disarming.

But you learn to delay some of your reactions in care work. You learn not to let your face or voice register the horror and sadness of the things you see. Maybe we internalise that delay. It's not always helpful in the moment to think about whether something is right or wrong, fair or unfair. You think about it later if you have to. In the moment, you roll up your sleeves and get to work.

I thought about Eloise a lot from my home in Carlton. I thought about all of my clients sometimes, about things which had happened during the day, whether I'd handled a situation correctly. Occasionally I'd remember an amusing thing one of them had said or done and allow myself the giggle I had suppressed at the time. But the way I thought about Eloise was different. I was curious. I looked forward to the shifts at her house.

—

'Have you ever had a job?' I asked her one afternoon. I wanted to find out who she had been before she became ill. A single episode can transform a personality. Sometimes it's okay to ask and sometimes it isn't. Some clients only want to talk about life before their illness. It can take a long time to stop grieving what's been lost.

'Yes,' she said. 'At the university.'

I pushed the broom into the corners of the kitchen and swept up the dust and hair and crumbs that had gathered there.

'I heard you, you know,' she said. 'I heard you last night.'

I told her I didn't understand.

'I heard you speaking to me in your dream. I didn't mind.'

I felt blood rushing to my face. 'Eloise, I really don't know what you mean.'

'It's okay,' she said and laughed. 'I said I didn't mind.'

'What did I say?'

'Eloise,' she said in a melodic whisper. 'Eloise, I'm waiting for you.'

She held my gaze. I opened my lips to laugh but nothing came.

'And what did you say?' I asked her.

She leant towards me across the table. 'I said you won't have to wait long.' And she pressed a slender finger to her lips.

—

The following week Eloise was in her studio every day and barely came out of it to talk to me. I found myself resenting the housework a little. I collected all the dirty clothes and piled them into the machine. I hand-washed a cardigan because it was mohair. There weren't many dishes but I washed them and put them away. I made a pot of soup and a pot of bolognaise and bought some Tupperware. It wasn't until I was paying at the counter that I remembered Eloise's freezer was never switched on. I decided to keep the food at my house and bring over portions to defrost.

When I got back to Eloise's I stuck my head out the back door and called towards the shed. 'Eloise? Do you want some company?'

There was no reply so I called out again.

'Don't come in!' she shouted.

'Don't worry, I won't. How about some lunch?'

Again there was no reply, so I let her be. I made two salad rolls and ate one of them. I swept the kitchen floor and mopped it with some vinegar solution then sat on the couch in the lounge room while it dried. There were no magazines or newspapers. Eloise didn't leave the house to buy them and I hadn't seen her reading.

The lounge-room window faced south, so the room was never really lit by the sun. It was a dim and jaundiced space, where objects took on a damp feeling. The whole house felt empty, like a shell, as Eloise had said that first day. The furniture was a collection of cheap and semi-functional pieces, many of them probably gleaned as footpath bounty. Everything felt that it had been placed temporarily – pushed against a wall or into a corner – until a better spot could be found.

I opened the curtains to let some light in. One of them caught on the rail and I jiggled it, then heard something fall down behind the couch. It was a card. It must have been sitting on the windowsill. There was an etching of a cat on the front and an elegant hand had written inside:

My Eloise, I don't know where to begin or how to thank you. Please know that I am sorry.
I think how different things would have been for us under different circumstances and it pains me.
Contact me when you are ready. Yours,

The name was difficult to read but it started with a B and was probably Brian or maybe Brinn. I turned the card over, looking for a date but there was none. I heard the screen door open and pushed the card into the back of the waistband of my trousers. Eloise appeared in the lounge room.

'Smells funny in here.'

'Does it?' I said and then remembering, 'It's vinegar.'

For a moment I wondered if she had seen me reading the card. I thought how stupid it was to have hidden it but I couldn't remove it now.

'Can I eat that roll?'

'Yes, it's for you.'

She picked it up and stood in the doorway, eating and looking alternately at me and at the wall beside me.

'I'm working on something for you,' she said.

———

My house is very different from Eloise's. I wouldn't say I'm materialistic but when I moved in two years ago, I made a decision to make this place home. That meant spending a bit extra on good furniture, buying some linen of which my mother would approve, and getting a few things fixed that I wouldn't have bothered with in previous years. I had a toilet installed inside, for instance (a small but necessary luxury for a woman my age), an island bench built in the kitchen and the courtyard bricks pulled up so I could plant grass. The place has a stylish look to it now. I'd like to say it feels warm and there's no reason that it wouldn't. I have collected some beautiful prints and pottery over the years and they adorn the walls and the well-stocked bookcases. I lashed out on a leather couch and Pedro and I love the smell of it and the way it warms like a body once you've been sitting on it for a while. But the house is not warm. The corridor is long and empty and the downlights shine hard on the polished boards. That corridor bridges the distance between me at home of an evening and the rest of the world.

I looked at the card again that night. It was made of a good quality artists' paper and the image was embossed in a rectangle. The cat was rendered in sharp, hairy strokes. He was sitting in a window frame looking out, just as he had been in Eloise's window. I wondered who the writer was and why he was sorry. I studied the handwriting. It was almost ornate but had not been laboured over; the y's curled meticulously at their tails. Pedro leapt into my lap out of nowhere and tried to get in between me and the card. I rubbed his ears but he paced back and forth over my thighs. Nothing can satisfy him until he decides to be satisfied. Eventually he settled on my stomach.

—

Next time I was at Eloise's house I fought

the temptation to mention the writer's name. I wanted to use the word, Brian or Brinn, in reference to somebody else and see if her face changed.

We made muffins together. I had brought the ingredients with me and Eloise was in the mood for socialising. It's part of my job to provide that interaction. But socialising with Eloise always occurs on Eloise's terms. She might lapse into a long broody silence from which no words can prompt her, or decide that it would be fun to tease you mercilessly for a while. Sometimes it's endearing when she does that – remembers some goofy thing you've said or impersonates you coming into the room and opening the curtains with gusto, saying, 'Look at the mess in here, Eloise', in such a way that you cringe at your own mother's voice filtering through. But Eloise doesn't stop while it's still funny. It's probably symptomatic of her condition, but it's hard to be immune to the little sting. Sometimes she'll have a go at the way I have my hair pinned back or the daggy trousers I'm wearing. I tell her that's enough now. But she laughs with a superior sort of bell-ring laugh and doesn't let up.

'Do you hate that, Jessica? Come on. It's just

a joke. Did you forget to change after the gym?'

'Eloise,' I say. 'It's just not funny. Can you stop it, please?'

But she is laughing. 'Jessica, are you telling me off? Do you want me to be good? I'll change into mine too. I have an old pair like that. We can do a clown routine.'

Usually this culminates with me leaving the room and locking myself in the bathroom. I will stand there for a few minutes, where I am safe from her, and think up some strong and clear distraction to use as my armour when I re-emerge.

But Eloise was amiable today. She chopped the walnuts happily on the plastic board and poured them into the mixture.

'Who should we invite to your party?' she asked.

I looked at her in surprise.

She smiled. 'Thought I forgot?'

'Yes, actually.'

'Uh-uh.' She shook her head. 'Can't get out of it that easily. Your kids?'

I finished grating the orange rind and knocked the grater against the bowl. 'None of them live in Melbourne now.'

'Your husband?'

'Don't have one.'

'Don't you?'

I shook my head.

'I didn't know that.'

I shrugged. 'It's been five years.'

'Since what?'

'Since he left.'

'Why did he leave?'

'Can you check how much cinnamon to add?' I asked.

She checked the recipe book and told me half a teaspoon.

'But why did he leave?' she asked again.

I shrugged my shoulders with what I hoped was finality and tipped the rind from the plate into the mixing bowl.

'What about you?' I said. 'Who would you like to invite?'

She dusted her hands over the table. 'Do you have a boyfriend?'

'No, Eloise . . .'

'Is it because you like girls?' She grinned at me conspiratorially and I did my best to give her an amused but impatient look.

'No. That's not why. I've only ever had two boyfriends, and one of them was my husband.'

She scoffed.

'What about you?' I asked. 'How many've you had?'

She grimaced and sucked the sugar from her finger. 'Depends what you count as a boyfriend, I suppose.'

'Tell me about one of them,' I said, avoiding her eyes.

'Why? So you can get vicariously randy?'

I threw the tea-towel in her direction. 'Get out,' I said. 'This is girl talk.'

She laughed, reconsidering. 'How long've you got?'

I checked my watch. 'Two hours and thirty-five minutes.'

Eloise frowned then and looked into the bowl. 'No,' she said. 'I don't feel like it. If it's all the same to you.'

I drove home that afternoon via the Edinburgh Gardens. I parked illegally and pulled on my sneakers. It was a crisp autumn afternoon and the oaks around the oval were losing the last of their leaves, stretching their limbs quietly upwards. Henry. I said the word into the cold air, saw it turn into steam. Henry. Why did you leave? I passed the goalposts and picked up my pace. Don't think about it now, I told myself. Let his name disappear again. Henry. Just a word. Just a thought, evaporating.

How can something which was everything become nothing? I don't know how to measure a marriage. How can you even start to say whether it was good?

But if I'm to remember something good, something just for us, I have to rewind. Skip over the last years and go back through decades of life together, of steady friendship and days and parenting with all its moments of union and grief. Those years are tainted now. I can't think of them without thinking of the twist, the sting in the tail.

Anglesea, before the girls were born but we were married. Henry's parents had a beach house there and we'd spend weekends with them, breaking away to be alone. We'd traipse down the steep hill, fingers interlocked and hands swinging, past the tea-tree scrub, maybe spot a roo. If it was winter the sea might be wild and grey and the wind on the beach might blast us or push us along and Henry would put his arm around me, thick and bolstered in our jackets, and pull me in.

He'd do that in a way I could never understand. When I touched Henry I was telling him something: that I loved him or desired him or wanted his nurturance. It was a loaded action, preluding another action or following a thought about him. But when Henry held me, the action was whole in itself, like opening a door or turning on a tap. That was how he loved me, immediately and without sentimentality. That was how he loved Maria too.

—

I visited Mum that night. She looked smaller than ever in the chair, wizened arms extending from the sleeves of her jumper. Underneath she was wearing the same shirt she wore on Wednesday. I bent to kiss her, inhaling as I did so to gauge whether she had showered and changed. She smelt of talcum powder. I squeezed her shoulder.

'Did your carer come yesterday?'

I could tell by her face that she failed to find an answer but she told me that yes, they had been.

'And did they make you a pot of something to eat, like I said?'

I opened the freezer and saw a couple of lunchboxes stacked inside, containing some sort of frozen stew. 'Don't forget these are in here,' I said, waving one to remind her.

She nodded.

'Have you taken your pills?'

She folded her hands in her lap and nodded again. I noticed she was holding her mouth in a way that looked as if she were irritated or upset.

'What is it?' I asked, stepping out of the

kitchen and into the lounge. 'What's the matter?'

She brushed distractedly at her trousers.

'What, Mum?'

'Can't we just have a conversation?' she said. 'Why do you always have to be checking up on everything?'

I sighed and sat down in the other chair. 'You're right. I'm sorry.'

A moment of silence passed between us.

'How are you feeling?' I asked her.

'Bloody awful,' she said. 'I've got this ringing in my ears.'

I nodded.

'And I'm sick of the quiet. All day every day, just quiet all through the house.'

I looked at the fine bones of her face and the sinews of her neck. She was wearing lipstick.

'Maybe that's what causes the ringing,' I said.

'And I'm worried about you,' she said.

'About me?'

'What are you doing with your time?'

'Working, Mum.'

'Well, I'm worried. I'm sitting here worrying about you.'

'But why?'

'Why don't you get yourself a boyfriend?'

'Why don't *you* get one?'

She looked at me incredulously and we both laughed.

'All the same,' she said, 'it isn't right for a woman your age to be at home by herself at night.'

'Mum, I'm fine. I don't want you worrying about me, really.'

'Well, I want to,' she snapped. She brushed her trousers.

I let myself relax into the chair. On the television a nature documentary played on mute. We watched it for a while.

—

'What was your husband's name?' Eloise asked me the next week when I was changing her sheets. 'No, actually, let me guess.'

She stood on the opposite side of the bed as if ready to help but her hands hung flaccidly by her sides. 'Robert?' she tried and smiled at me.

I shook my head, not wanting to engage in a game about the ex-husband who stole my life from me. Like opening a door or turning on a tap.

'That's not it,' I said.

'Matthew,' she said surely. 'Or Alastair? Paul Davies?'

I laughed and pulled off the undersheet. I threw it towards the pile at the bedroom door.

'Roger? Edward? Richard?'

'So Anglo-centric, Eloise.'

She thought a bit harder. 'Stavros? Mohammed? Pepi?'

I laughed again and turned the pillows out of their cases.

'What then?' she asked me.

I took the clean sheet and shook it out in a smooth plane over the bed. Eloise caught the corners and we started to tuck it in under the mattress.

'Brian,' I said. 'It was Brian.'

The edges of the sheet escaped her hands and I saw the whites of her eyes. 'Brian Ruskin,' she said then shook her head. 'But you're not Brian's wife.'

'I was *a* Brian's wife,' I said, not missing a beat. 'But not any more.'

I lifted the loose sheet over the bed and for a few seconds it was suspended like a white sky above the mattress. Eloise took a step away from it and hovered in the door.

—

Brian Ruskin was a professor of literature at the University of Melbourne. He looked to be in his sixties and had a serene, arrogant face with a long narrow nose and a short grey beard. His eyes bulged under their heavy lids and his hair receded at the temples. I tried to imagine waking up next to a face like that or sitting across the table under its scrutiny. It was a face that mocked. He had published many articles, some in Arabic. If the website was current he was completing a translating project at the University of Massachusetts. I picked up Eloise's card and opened it, understanding how that elegant script and superior face belonged to same man.

'My Eloise,' I read aloud. 'I don't know where to begin . . .'

'Just try,' I said. 'Just try, Brian. It's now or never.'

'You've stolen my heart, Eloise, but my life cannot contain you.'

'I cannot be contained. Even the walls of my self cannot contain me.'

'We create our own walls, Eloise. I've told you that before.'

'Knock your walls down, Brian. If you love me you'll leave her.'

'I love you, Eloise.'

'Knock your walls down.'

'I love you, Eloise. I'd like to keep loving you but I've built my walls.'

A sob escaped my throat. Tears rolled from my eyes and I wept for a few strange moments.

I hesitated before typing in Eloise's name. It felt like I was crossing a boundary, bringing something from the recesses of my mind into actuality. I looked at the words waiting in the search engine. I was dropping the first bread-crumb – something which could be found and followed in the future. Then I clicked 'search'.

Eloise Hargreaves was a Masters student at the same university. She was an under-graduate tutor six years ago and the timeta-bles for the classes she tutored in romantic lit-erature were still up on the web. That was all. I wanted a photograph but there was none. I wanted it and I didn't want it. I don't know if I would have been able to look into those black pixilated eyes and not feel that she was looking back at me. I heard you, Eloise had said to me that day. I heard you in your dream.

Pedro jumped into my lap, surprising me.

I ran my hand over his back and felt his fine cat ribs and his undulating, fluid spine. He settled on my knees and I rubbed behind his ears, turning my chair away from the computer screen.

Cats like to be patted in specific ways. Individual cats have their individual preferences, but there is certainly an art to cat patting. The word patting, for starters, is misleading. Cats liked to be rubbed, kneaded, coaxed lightly but firmly. Either you are cat person or you are not. You understand how to move your hands over them or you do not. Dog people do not know how to pat a cat. I have seen my friend, Michael, who has always had dogs, attempt to pat Pedro with a flat, encouraging palm. Pedro humoured him for a short time before biting him gently but unhappily. Dog people also do not understand cat bites, which have a spectrum of meanings in themselves.

'You can't be too keen, Michael,' I advised him. 'You've got to find the balance between making him want you and being available.'

He looked at me incredulously. 'Good God, Jessica,' he said. 'Are you teaching me to court your cat?'

Pedro pushed his head into my knuckles and I turned back to the screen. Eloise Hargreaves.

I dared myself to say the name aloud. The word left my mouth and its sound hung in the space of the room. A second breadcrumb. I imagined Eloise hearing it from her bed in Brunswick. Sitting up in the clean sheets on the old mattress and looking at the curtain moving in the breeze. Her name. She heard it clearly, each syllable dividing, sound particles ricocheting, reaching her ears. I frightened myself.

—

Eloise was an artist now. Not a student and not a writer, nor a tutor at university. She spent hours in her studio and sometimes when I arrived I had the feeling she had not entered the house all day.

'Have you eaten?' I called to her from the back door.

'Not yet,' she called back. 'I'll come in soon. Will you cook it?'

'Cook what?'

'Lunch?'

'What lunch?'

I was trying to frustrate her, rouse some curiosity which would draw her back into the house. The four paces across the concrete yard between the shed and the kitchen were a clear demarcation. Eloise's space began at the entrance to the shed and I had never been invited in.

The interior of the house was not personal to her. I was free to move about as I pleased, to clean or even re-arrange if I felt the urge. Sometimes I did. The couch looked all right against the other wall and the television could work in the corner, sitting on a little table which was otherwise disused in the bedroom. I tried the bookshelf under the window. For a literature student Eloise had very few books. It was easy to move and I placed a glass with some jasmine blossom on one of the empty shelves. I re-arranged the prints on the walls. But no matter what changes I made, no matter how I attempted to give the place a feeling of home-liness or security, it could not be done. Every arrangement of furniture looked jumbled and temporary. The yellow walls were oppressive and even when the doors and windows were shut, the house felt as if cold draughts were rushing through it. Eventually I admitted defeat and returned everything to its original position.

It didn't take long to find a picture of Brian Ruskin's wife. She was shorter than him, with mousey hair shining in the camera's flash. She stood under Brian's suited arm, alongside a group of smiling others in formal dress; a team of winners at an awards night. Estella Ruskin wore an emerald green dress which crossed over at the bosom and was stylish but not fashionable. She was an attractive, plain woman – if it was possible to say – smiling prettily. Her eyes were askew as if slightly ill at ease in the spotlight. Beside her Brian's gaze bulleted down the barrel of the camera. The success was his. The gaze said: I am responsible. I looked at Estella's image for a long time.

—

One Wednesday I arrived to find Eloise slumped in the living room. Her skin was grey and her body had concaved in accordance with the couch's old cushions. Her gaze made a forty-five degree angle to the floor and shifted only briefly when I entered.

'Hi Eloise,' I said and went through to the kitchen to dump my bags. 'I'll make some tea, okay?'

She didn't answer. She sat quite still and the only sound I heard from her while I moved about in the kitchen was a quiet sniff, not like someone who was crying but rather like someone who had neglected to take a breath for a few seconds. I brought out two steaming mugs of tea. Eloise's hands, hooded in cardigan sleeves, reached up to take one. I sat beside her on the couch and neither of us spoke. Her thumbs traced the ceramic pattern of the mug. Eventually she blew on the surface of her tea and took a loud sip.

'Did you turn the kettle off?' she asked.

I nodded. She sniffed again.

'Everything ends,' said Eloise. 'Doesn't it?'

I sipped my tea. It burned my mouth.

'How long have you been sitting here?' I asked.

'Things can start. Any number of things can start and that's a wonderful feeling – that anything could happen, you know?'

'Yes.'

'That feeling of something new, it's like the potential for . . . becoming someone else. Or becoming the right person.'

'The right person?'

'Becoming who you're supposed to be.'

'Yes,' I said. 'I think I know what you mean.'

'But things end, is what I'm saying. You can't keep those flashes. We think we're building something when we start our new things – relationships, jobs, whatever, you know? But they're just flashes and when they flash out we're left with . . .'

'Has something happened?'

'The world makes promises to us but then it backs out, and we're left with just a shell.' She looked around her at the room as if for the first time and sucked in some air. 'Did you put that there?' she asked, pointing at a blue vase on top of the television.

I said I was pretty sure I hadn't.

'Did I put it there, then?'

I didn't know and didn't answer. Her eyes had slid up towards the ceiling and her body had slid down the couch. Her hand reached across the cushion for mine and I let her take it. Her fingers were bony and cold and felt foreign. She squeezed.

'I love you,' she said, but I knew she didn't mean it.

—

It was almost impossible to persuade Eloise to leave the house. On Friday she had an appointment with her psychiatrist but refused to go. 'It's just easier,' she kept saying, 'if I stay here.' I told her I would drive, that the car was just outside the front door, that it was a good car and I was a good driver. She nodded and promptly exited whichever room I was in. In the end I stopped pursuing her around the house and just called out from the lounge room.

'It's important that we go. It's time to review your meds.'

'You go for me,' she said from the bedroom.

'It doesn't work like that. You know it doesn't.'

'Get him to call me,' she said.

'You don't have a phone.'

'Get him to call me on your phone.'

'Eloise.'

'It's just easier, Jessica. Get him to come here.'

'It isn't easier,' I said. Though I began to wonder if it was.

—

Eloise stepped out of the shower and held her arms out. I rubbed her dry gently and she sighed.

'I'm sore,' she said, when she had seized the towel and wrapped it around herself.

'From what?' I asked. I followed her into the bedroom.

'Being sad, I think. My whole body aches, but I feel better today.' She dropped the towel on the floor and sat on the unmade bed. I went to her wardrobe and found a dress for her and clean underpants.

'Do you want to talk about why you were sad?' I asked.

'Things I've lost. Things I don't have any more.'

For a moment I thought she meant the card.

'I used to be able to read all day,' she said, 'and write all night. My brain was so sharp. I could make the cleverest jokes. Leave everyone in my wake, except someone as clever as me. And there weren't many.'

I scoffed and then thought better. I scoffed at her self-praise but also because I knew I would not have been one of those people as clever as she. I imagined her at the head of a dinner table, dark hair in a short ponytail and a coloured scarf around her neck. I imagined her acid tongue and the surprised laugh of a man beside me at the table who understood the joke immediately. Maybe it was Henry's laugh.

'Brian was cleverer than me,' she said.

But I wasn't ready to hear it. I'd waited and teased for this information for weeks but now I did not want it.

'Brian is the cleverest person I've ever known. His intellect is a paragon . . . like a piece of green glass broken in the sun. A perfect piece of a beer bottle. That's how I imagine it. Do you know what I mean?'

I said that I didn't. I stood by the bed a while, hoping she would get up and allow me to make it. But she didn't so I sat down beside her. The dress waited, draped over her thigh.

'I felt desire for him,' she said. 'In a way, I've never felt it for anyone. I've had love affairs, really a lot. I've even been in love with some of them.

But this was desire in every part of me. My brain, my heart, my cunt. Are you listening to me?'

'I'm listening, Eloise.'

'The only way I can describe it is to say that he felt *magnetic* to me. Once I knew him, my whole self just knew, yes. I had to be close to him. I did everything I could to be close to him. There was nowhere else I wanted to be. I lay awake at night obsessing in my bed and my whole body was wracked with pain. I couldn't sleep until I had him there.'

'Did he feel the same?' I asked.

'He felt the same,' she said. 'He felt the same.'

She passed a hand over her breasts and her nipples stood out.

'Eloise,' I said, taking her hand gently. 'Don't do that.'

Her eyes filled with tears and she fell back against the bed.

'Make love to me?' she asked. Her wrist fell heavily against me.

But I felt no desire. I felt sadness, starting in my womb and climbing out over my skin. I felt it thick like phlegm in the back of my throat and extending down my arms and legs. I pulled the blanket over Eloise, lay down next to her and took her in my arms. She cried.

Beauty has a power for men that it does not have for women, that it does not have for me at least. Beauty is enough in itself for some men. How little they must need from us, that beauty would be enough. I've found beauty in very plain lovers. I say that now, but any lover I had was a long time ago. There were only two boyfriends, but there was a handful of lovers. Maria, for whom Henry left me, was moderately beautiful. She was Italian and had a voluptuous body with smooth olive skin. She was younger than Henry, but not obscenely so. I think of Eloise as that young woman with the scarf around her neck – I invented the scarf, a little red scarf, like a handkerchief, tied around her neck in a style of old which she has made her own. I don't have a photograph of her before the illness so my mind has created one. I see that man with the fine high face, that man Brian Ruskin, seeing her at the university. Seeing her desire for him and that being enough. From day one, that being enough. She is intelligent and ambitious and can think through a complex idea from every angle and dimension. But she is beautiful. Brian sees that, finalises the course of events in his own mind from their first meeting and goes about putting them into place. An easy transaction. She is beautiful. She is still beautiful.

Eloise rolled towards me in the bed and touched my hair. I let her. The whites of her eyes were red and her pupils were dilated like saucepans. I wondered if she were seeing me or Brian.

'It's okay, Eloise,' I told her. 'It's okay.'

I stayed at Eloise's that night. I didn't mention it in my notes. I billed until seven and then the file shows that I went home. But I stayed in bed with Eloise for hours. She was crying with growing intensity. You don't leave someone alone in that state. You don't say, 'Sorry but my shift is over.' You can't clock off. This might be that sort of job to some people but not to me. When Eloise sobbed that guttural sob I recognised my own voice in her throat. I recognised the sobs of my children, of my mother too. I remembered my mother weeping when my father died and how I had held her. Eloise clutched at me and pulled me in through the blankets. She cried into my arm. Sometimes her weeping subsided and she breathed as if asleep. I stroked her thin hair then, feeling her bony skull. From my place in the bed I watched the ceiling and the shadows swelling across it.

In my dream Henry and I are in the kitchen at the old house. Hannah and Carly are in their bedrooms. There is music coming from behind Hannah's door. In real life that is not how it happened. Carly wasn't living at home at the time. Henry is at the kitchen table and I am at the sink. I am wearing pink washing-up gloves. Henry is looking through some papers. I hear his teacup find its saucer.

'Jessica,' he says, and now I know what is replaying but I can't stop it. I am still hungry to know this scene, to understand what happens.

I turn and see him take off his metal-framed glasses. He sets them down on the table beside the teacup. He holds my gaze for a moment. I think I am flattered before he speaks.

'There's something I need to talk to you about.'

My mind handles a dozen subjects instantaneously, searching for the one he means. Usually I can guess.

'It's hard to know where to start,' he says. The flattery has gone and now I am worried. 'Could you leave that and come over here a moment?'

I pull the gloves from my hands and place them on the sink. In the dream I think I will get back to them in a moment and finish the dishes. I sit down in the chair beside him and rest my hands on my knees. How obedient I am. Am I always so obedient? I do not ask, 'What is it?' I am prolonging this part of my life by milliseconds. I am prolonging him at the table and me in the same room, going about our business. I am prolonging the kids in their bedrooms and their doors shut, knowing they will come out soon to look in the fridge or ask me some question. I look at his handsome, ageing face. His mouth is down-turned at the edges.

'Jessica,' he says again.

'Henry.' See, even now I do not form a question of his name. Let him say my name and I will say his, as any husband and wife might do.

'Jessica, I'm going to make a big change. There's a woman I've met who I'm in love with. I want to go and live with her.'

I look at his thin brown hair and unbuttoned

collar. At his moist grey eyes and the round tip of his nose. At the lines over his cheeks like marks a tide has left on the sand. His thick and precious lips, down-turning.

I ask questions. All of them are answered factually. I hate this part. The questions leave my lips wanting to disappear into the ether.

Henry places his hands on the table once he has given his answers. Everything is prepared in advance for him. He has anticipated my response, of course. For how long have I been living with the enemy, silently and lovelessly observing me?

'I'm going to leave tomorrow,' he says. 'I'll talk to the kids after that, after I'm gone. If that's all right with you.'

'None of it is all right with me, Henry,' I say. I take his hands in mine and he wants to withdraw them but does not.

'I don't understand.'

'You will,' he says. Is it meant to be of some comfort?

Henry sleeps with me that night. We brush our teeth and undress in our bedroom. He lies awake for a little while with his light on and I curl down beside him, feeling a great chasm open beneath me under the bed. And then we make love. I do not understand it even now, why he would make love to me then. In this action he is already unfaithful to his new wife. I reached for him because my heart was breaking and he reached for me because he reached for me and we made love and afterwards neither of us slept. He left in the morning.

It was the same again the next night at Eloise's house. I had crept out early in the morning while it was still dark and returned a day later when my next shift began. Eloise was on the couch. She had not eaten or drunk anything, I could tell by her pallor and powdery lips.

'Eloise,' I said. 'Drink this.'

She reached for the glass of water and took a few sips.

'I'm going to make some lunch,' I said, 'and you're to eat it all. Understand?'

She nodded. We ate and then sat together on the couch. She talked and forgot about talking, cried and forgot about crying. She drank some more water.

'Sometimes I'd get a bad feeling,' she told me. 'I'd be heading somewhere on my bike and I'd get this feeling that I should turn back. I got used to taking notice of that – it told me when something bad was going to happen. I'd turn around and go home if I could, but it wasn't always so easy. Once I was heading to university on the tram and that feeling crept into my stomach like two cold hands and snaked its way up to my throat. But I had a meeting that day about my thesis and I knew I couldn't miss it. I got off the tram at Grattan Street. There was a big crow in one of the trees above me and it barked three times. I knew that was bad but I still went on. In my head I could hear Romeo:

> *I fear too early, for my mind misgives*
> *some consequence yet hanging in the stars*
> *shall bitterly begin his fearful date*
> *with this night's revels and expire the term*
> *of a despised life enclosed within my breast.*

'Suddenly I knew it. I realised what that terror was. I walked through the gates and into the university grounds. There was no external force to be afraid of. It was me. A black hole was opening in my chest and it was going to suck the world into it. I was wearing a red winter coat and I had my satchel and my books under my arm and I crossed over the south lawn like I would on any other morning but I knew that, whether I liked it or not, I was going to wreak havoc that day. I'm not strong enough, see. The vacuum eats me too.'

'And now?' I asked.

She took some time responding. 'I don't get those feelings much. I think the drugs dull them and I don't go out anyway.'

And there's not much left to spoil. Eloise didn't have to say it. The sinkhole opens up and swallows her world but no further destruction can take place. Her life is spat out again and the debris will settle again. Then all is still and waiting, resigned to the punishment but with fading dread.

'But Jessica,' she said. 'I have it now.'

—

I made eggs for dinner but Eloise couldn't eat. I showered her and we sat on the side of the bed. She spoke about things she could remember and why she was hopeless. Her eyes were wide and unfocused again. She didn't dress. We sat there together and at some point we lay down.

The moon and the stars were out, luminescent through her curtainless window. She was crying for the world now, crying for her losses and for all of our losses. Her face was tear-streaked and swollen, shining in the pearly light. She rose and disentangled herself from the sheets. I saw the white elongated limbs glowing and the deathly black hair. Her breasts sat low and wide, and under her belly was the deep shadow of her bush. My left arm lay between us on the bed and Eloise climbed over it. She lowered herself. Her crying subsided. I lay still. I lay terribly still as she rocked there. Then she froze, becoming rigid, arching upwards for a clear moment which seemed to suck the sorrow from the room. A sound broke in her throat and she fell down on the bed beside me.

Soon she slept.

I got up early and made porridge. The smell of coffee woke Eloise. She wandered into the kitchen, wearing a dressing gown. At first I couldn't tell if she was happy. She stood behind me as I pooled the oats into bowls. Her breath was warm on my neck. I felt the tips of her breasts meet my back.

'How are you feeling today?' I asked her. I poured milk over the porridge and turned to face her.

'I'm feeling empty,' she said and sounded pleased. 'I'm feeling that I would like you to stay.'

Her face seemed startlingly bare – her heavy eyelids and the shadows under her eyes, her long cheekbones and the hard cut of her lips, the high plane of her forehead. Pared back to her most elemental version, she was beautiful.

'I have to go,' I said. 'I'm not working here today.'

'But you weren't working last night.'

'It's true,' I said. I took the bowls to the table. 'It's true, but I have to make a living.'

'But are you working somewhere else today?'

'No, but I have things to do.'

'What things?'

'Eloise, it's really none of your –'

'What things?'

'I need to go to the bank,' I said, giving in. 'I have to do some shopping and wash my clothes. I'd like to reply to a few emails and I'll probably wash my hair.'

Eloise smirked. She leant towards me and her robe fell open at the top. 'I'll follow you,' she said. 'If you go.'

I felt something go hard in my stomach. 'You will not.'

She smiled. 'Go on then. Go and do your banking.'

—

I was not myself for days. I had difficulty focusing on anything and completed very few of my errands. I tried calling Michael. He lived in Sydney now with his partner David. I told myself I wouldn't mention what had happened, but another part of me knew I needed to debrief. Michael didn't answer. But Hannah called.

'Mum,' she said. 'How are you? How's Pedro? How's the place?'

'Fine,' I told her. 'We're very happy here. Just us in our little terrace.'

'It's a nice terrace,' she said. 'No room for guests though.'

'No room for you, you mean? Don't be dark about it, Hannah. The couch folds out.'

'I know,' she said. 'I know. Have you spoken to Dad?'

'No. Why?'

'He's going on holiday.'

'Is he? Where?'

'To Italy! He asked if I wanted to come.'

My heart sank. I tried to keep my voice level. 'Do you want to go?'

'Are you kidding? Of course. To Florence? I'm a community artist but I love that Renaissance stuff. I used to love it at school, remember?'

'Yes,' I said. 'What a great opportunity.'

'You're upset.'

'No. I'm thrilled for you. Can you afford to go?'

'Dad'll help me,' she said. 'Are you sure it's okay?'

'Of course, Hannah. You should definitely go. I certainly can't afford to take you.' I bit my tongue.

Hannah paused for a moment. 'But it's different with you and me,' she said. 'We don't need to go to Italy. We can just have coffee. It's enough, you know.'

I held the phone away from me so I could swallow. 'I know what you mean.'

'You're crying. Mum, I won't go.'

'No, I'm glad for you, really. I'm having a tough week, that's all.'

'Really?'

'Absolutely really. When are you coming to Melbourne?'

'To stay on that pissy little couch?'

'Ha,' I said. 'If you're lucky, kid.'

—

There was a layer of frost on the oval this morning. It was mid-autumn and the leaves of the elms had bled to their yellows and crimsons and vermilions. They crunched beneath my sneakers. I made my usual lap and felt the blood starting to move around my body. Henry and Maria and Hannah were going to fly across the sky together and land in Florence. The triangle of neck between my jacket and scarf was cold. Winter was on its way.

It meant something when Eloise pulled me in. It meant I am sad and the world is falling like leaves around me. It meant you are a warm heart next to me and your heart loves and listens where mine is hollow and sore and calling out like a wild, hungry mouth. It meant I need you. I rely on you. I am thankful for you here in the bed and thank you for staying and we have something here between us. Something is starting and something is ending. I need relief from my sorrow and you are it, your hand is it, your warm heart beating beside me is it.

—

I was sick the next day and didn't visit Eloise. I wasn't sick exactly but I called the agency and said I was.

'That's okay, Jessica,' the woman at the office said and agreed to send someone in my stead. 'You take care of yourself now.'

They would send someone else and Eloise

would not let them in. The other carer would knock at the door a few times and maybe walk up beside the house to check if they could see inside. They would not have a key and would soon get back in their car and drive home, counting themselves lucky for a paid day of work without the work. Eloise would be angry with me but she may have forgotten about it by the time I arrived on Wednesday. She may have forgotten about everything, in fact.

—

Was I a good mother to my children? I think I was. Why then did they move away?

'They're adventurous,' Henry had assured me on the phone one afternoon, not long after it was all over and he was living in her house and she was at work. We spoke for hours sometimes.

'Maybe I was too distant,' I said. 'Maybe I made my girls distant.'

He laughed kindly. 'Carly was born distant. Let's not kid ourselves.'

Let's not kid ourselves. Let's not kid ourselves, Henry. Let's continue this line of questioning. Me stumbling and retracing, trying to find my point of error and you, sure and generous and calm, guiding me through my anguish, being my rock.

'And Hannah,' he went on. 'Well, Hannah . . .'

'She never needed me.'

'She's independent. Always has been. It's good for a girl to be like that.'

'Didn't I give them enough?'

'You gave them everything you had, Jess.'

'But maybe it wasn't enough.'

'Who can say? We did our best, both of us.'

It was too obvious to say then. But you're not here. You've given up. The answer I could not bear to hear: not on them.

'I miss you, Jess,' Henry said.

I waited for him to say he was coming home. I still lived in the house then, with Hannah and Pedro, and the three of us could not fill it.

'Jessica,' he said when I picked up the phone on another occasion. His voice was urgent and emotional. 'This isn't working. I want to come back. Is it too late?'

I heard a voice in the background.

'It's not too late,' I told him, relief rushing through me. It would be hard but we would sort things out. Life would make sense again. I hung up. Hurried thoughts went through my head, to shower or change, but I could not move. I stood by the phone in the kitchen and the light faded and he never came.

—

On Tuesday I let myself in. Eloise was in the shed but she heard me in the kitchen and came out.

'Jessica,' she said, pointing a finger at me.

I braced myself.

'I've got your birthday present ready.'

My birthday. When had I said it was?

'Do you want to see?'

'Why not save it for my actual birthday?'

She thought about that and then nodded. 'I'll give it to you at your party.'

She took down two mugs from the top cupboard. Her hair was in a topknot and she wore a teal windcheater which I had not seen before. She made two cups of tea, both black with one, which is how she takes hers. I take mine white with none, but thanked her anyway. We sat at the table.

'This party . . .' I said.

'Yes. The party. We'll have it here.'

'When?'

'On your birthday, of course.'

'Which is when?'

She laughed at me, testing her. 'The twelfth of April.'

'That's in three days.'

'I know. I've already invited someone.'

'Who?'

'Trisha. A new friend. We met at the library.'

'When did you go to the library?'

'Who have you invited? Your husband?'

'Eloise. I don't have one.'

'Your daughters? Ask them.'

'Well, I would, but none of them live in Melbourne.'

She dipped a fingertip in her tea and sucked it. 'Then who? Your friends.'

I hesitated. 'Will there be food at the party?'

'Of course.'

'Shall we cook in the morning, do you think?'

'Yes. We'll cook a cake and pastries and, hang on . . . no, you shouldn't cook anything. The party's for you.'

'I'm just not sure that −'

'But who have you invited? We can't just have a party with you and me and Trisha.'

'We can.'

'We can't.' She spilt her tea then with a flick of

her hand but didn't seem to realise. I went for a sponge.

'Who will you ask?' she repeated. Her hazel eyes drilled into mine. I mopped the tea from the tabletop and wracked my brains.

'Maybe there's another carer who would come with the residents of a house nearby.'

'No,' she waved me away. 'Not people you don't know. Your friends. Your family. Your daughters?'

'Not in Melbourne.'

'Your mum!' she threw her hands up and grinned.

'I could ask Mum,' I conceded.

Eloise clapped. 'Yes,' she said. 'Now we've got a party.'

—

I arrived at Eloise's late on Friday morning. She was in the kitchen with a tall woman in seventies-style jeans, presumably Trisha, and they were feeding lengths of dough into a pasta-making machine. They paused and looked up when I entered. Synchronised, they straightened and smiled. Eloise introduced me proudly to Trisha. She was about Eloise's age and had a long ash-blonde plait over one shoulder. She was wearing too much eye-shadow and when she smiled, the skin around her eyes scrunched like crêpe paper. Something was baking in the oven. I was surprised. I had expected to find Eloise out in the shed or folded on the couch, her plans for the party forgotten.

'Where are your guests?' she asked me.

'I'm just on my way to pick up Mum. Thought I'd drop in and make sure everything was okay.'

'Well, everything's okay,' she said and ushered me towards the door.

—

Mum was in her dressing gown and watching a morning variety show.

'Do you want to come to a party, Mum?' I sat down in the other armchair and jingled my keys. 'One of my clients is having a party. Do you want to come?'

Her eyes searched my face. 'What for?'

'I don't know.' I picked a piece of lint from my jacket. 'Just thought you might like to.'

I suddenly resented Eloise for putting me in this position. My mother looked at her dressing gown.

'What date is it?' she asked.

'The twelfth of April,' I said, and then, 'It's sort of an early birthday party.'

'But your birthday's the twentieth of November.'

I nodded.

She held my gaze for a moment. 'Of course I want to come to the bloody party.' She levered herself out of the chair and came over to kiss me. 'Just wait for me to get dressed.'

—

So there I was, in Eloise's kitchen, pretending it was my fifty-second birthday. They sang out 'surprise' when Mum and I came through the door. The Italian woman from next door was also there, sitting on a high stool near the oven. I had seen her many times but we had never properly met. It was likely that she was the landlord. She wore a traditional house apron and grey stockings and raised her hands gladly with the cheer when I entered the room. I wondered what chain of events had led her into the kitchen with us, this strange collection of women.

'Cheers!' I cried. I had picked up a bottle of

orange juice on my way and I opened it now to pour everyone a glass. On the table was a chocolate cake dripping with icing. Reams of fettuccine hung over the backs of the chairs. Eloise went to the fridge and brought out a dish of green jelly.

'The pasta still needs to dry,' she said. 'Should we just have the jelly and cake?'

We did. The landlady went next door and returned with a plate of crescent moon biscuits and some candles. She stuck a few in the cake and somebody lit them. Mum perched unsteadily on a kitchen stool, looking bewildered but smiling when she saw me watching her. Trisha led everyone in singing 'Happy Birthday' and they all clapped when I blew out the candles. Eloise clapped the hardest and then she put her arms around my neck and kissed me fully and wetly on the mouth. For a moment it didn't matter. Trisha looked at us and Mum looked at us and the landlady looked at us too, screwing her face as if she didn't understand the word that was being said to her. I let Eloise kiss me and then it was over. She swung happily around my neck.

'Told ya,' she said. 'Didn't I tell you I'd give you a party?'

The landlady stayed to help with the pasta.

Eloise had a bottle of Dolmio sauce and the woman went into the garden and returned with a handful of fresh basil and parsley. She chopped the herbs roughly, doing what she could with the bottled sauce. The five of us ate together. Eloise and Trisha chatted excitedly. No one else had much to say.

At three I offered to take Mum home. She thanked everyone, unsure as to who the host was, and took my arm so I could lead her back to the car.

'Was that all right?' I asked as I reversed the Impreza out of the driveway and into the street.

She arranged her jacket over her legs. 'Very nice,' she said. 'What a lovely girl.' She looked at me sideways.

'Eloise,' I laughed and could hear the nervousness in my voice, 'is a tricky thing.'

'I bet,' said Mum.

———

I returned to the house to help pack up. Trisha was still there. Among the dishes and spilt orange juice, she and Eloise were doing a jigsaw. They looked up and sang 'Happy Birthday' again when I walked in. I sat with them for a while and added a few pieces to the puzzle. Trisha told me about her dog and how she walked him in the Edinburgh Gardens. She had seen me there, she said, doing laps of the oval. I said I thought that it was likely. After twenty minutes or so I collected up the dishes and put them in the sink. I swept the floor and wiped up the spillages.

'Are you Eloise's Mum?' Trisha asked me. Eloise laughed and I felt the blood rush to my face.

'She's my *carer*,' said Eloise, emphasising the word, as if saying it for the first time. 'She's so amazing.'

I smiled. 'I do what I can.' I pulled on the washing-up gloves.

'Why do you have a *carer*?' Trisha asked, carefully copying Eloise's inflection.

'My mother organised it.'

Trisha frowned. She picked up a piece of the jigsaw but didn't attempt to fit it. 'But why do you have one? Can't you care for yourself?'

Eloise looked at me. I wanted to save her but no explanation came.

'It's only a new thing,' Eloise said. 'I did look after myself until a few months ago.'

'But I don't have a carer,' Trisha said.

'You don't need one.'

'Why do you, then?'

'I didn't want one. Not to start with. They tried to convince me and I said I didn't need one.'

'I don't think you need one. Is it like having a cleaner?'

'Yes,' Eloise said, pouncing on the idea. 'Yes, it's like having a cleaner.'

'But what else does she help you with?'

At this Eloise looked helpless.

'It's mostly cleaning,' I said. 'Eloise is a very capable person but she has some personal issues that mean she needs some support sometimes. It's sort of no one else's business.'

Trisha turned to me as if I'd just walked into the room. She had a childlike aspect to her which shone through in her pale eyes and slightly open pink mouth. 'But what sort of issues?'

Eloise put her head in her hands. Trisha wanted an answer. She could see now that Eloise was distressed but didn't know how to let up.

'Are you sick?' she went on.

Eloise shook her head but did not look up. 'I didn't want one,' she repeated. 'I told them I could do it myself.'

'But *I* do it myself.'

Eloise groaned.

I wanted to suggest that it might be time for Trisha to go home, but held back for fear of being too controlling.

'It's okay,' Trisha said and hugged Eloise. 'It's okay.' Eloise did not lift her head for some time until Trisha encouraged it with a hand under her chin.

'There now,' she said, wiping Eloise's teary cheek with the back of her finger. 'Is it because you're sick – not in the body but in the brain?'

At this Eloise stood suddenly in her chair. She swore and swiped the jigsaw from the table. Trisha leant back.

'What would you know?' Eloise yelled. She gave a hard push to Trisha's shoulder. I leapt towards Eloise and tried to restrain her. She swung out at me and landed a stinging hand to the side of my neck. I grabbed her firmly around her upper arms, as I had been taught to do, and moved her into the lounge room. Trisha followed us and stood in the doorway.

Eloise kicked over the coffee table. 'Who does she think she is?' she hissed. 'She doesn't know what happened to me.'

There was nothing I could say. I let her rage.

From the doorway Trisha looked from Eloise to me and then back to Eloise, like a bystander who couldn't bear to tear her eyes from the spectacle of a road accident.

'Maybe leave us?' I finally said. Without another word Trisha collected her bag from the kitchen. Through the window I saw her walk quickly up the street, holding her bag in front of her.

Eloise fell onto the couch and cried. 'I'm sorry,' she said through tears and snot. 'I'm sorry, Jessica.'

'You did your best. It was a hard situation.'

'But I ruined your birthday.'

I sat down beside her and took her hand. She sank into the couch and was quiet. She seemed empty now, hollowed out by her anger and despair.

I have felt that despair before. Sometimes I feel it now. But I never had anyone to sit with me, to wait it out in silence. This despair comes with the evening and does not lift until the sun rises, or sleep has been had, or you have left the house and returned, remembering that the world continues outside your grief. This despair has nothing to do with logic or a want for solutions. It is a fog which moves over a hilltop and ensconces it for the night. I saw a painting in one of Hannah's art books once, which I thought was about that despair. An artist called Jenny Watson painted a tiny woman in an oversized bed, sitting up as if suddenly giving up on sleep with her mouth open in a black wail. Above her the canvas looms, midnight blue and endlessly tall. It was the title that got me: *Long Night of the Soul*. I think we all have those.

Eloise's hand was cold between mine and the side of my neck burned. My shift ended silently and when dinnertime came I rose from the couch and went into the kitchen.

I reheated the pasta and made some toast. Neither of us ate much. I locked the doors and closed the curtains, feeling the life growing in me as I shut out the rest of the world. I ran a bath, tested the water and called out to Eloise. She answered from behind me, already in the doorway to the bathroom. She dropped her clothes majestically and stepped towards the tub.

'Turn the lights off,' she said. 'They're burning my eyes.'

I brought in a candle from Eloise's bedroom. The shower curtain was pulled around the bath now and shadows danced along its folds.

'I'll leave you, Eloise,' I said but she stopped me.

'Don't,' she said. 'I don't want you to ever do that.'

I came around the side of the tub where I could see her fully. Her body looked a deep golden colour in the flickering light. She had already put her head under the water and her hair was slick like oil.

'Your hair is so long,' I said. 'We can cut it tomorrow.'

'Tomorrow is Saturday. You don't work on Saturdays.'

'I thought I would stay with you.'

'Stay where?'

'Wherever you want. I'm not going to leave you tonight.'

Eloise looked at me steadily. Her face seemed gaunt and dangerous. 'Will you get in?' she asked.

The last time I was naked in front of someone was with a man I dated briefly two years ago, went to bed with, disastrously, and never saw again. He was a businessman who wore pointy-toed shoes and insisted on paying for dinner. I should have known.

I pulled my jumper over my head and

unbuttoned my shirt. I hoped Eloise wouldn't say anything. Not, 'You're beautiful', or any of the those things men say when you take off your clothes. I slipped off my boots and stepped out of my jeans. It isn't that I don't find myself beautiful. I'm all right. For fifty-one, I'm all right. But I'm not thirty-one, or even forty-one. The body changes. It's still useful, still beautiful in its functionality and its history. My body has given me two girls and decades of health and work and pleasure, but it's not something to be gazed upon any more. I'm not sentimental about it.

I got into the bathtub and Eloise moved back to give me room. The water was steaming. I sat opposite her with my knees up and her pose mirrored mine. I cupped my hands, washed my face. We didn't speak. The moving light of the candle was enough, the heat of the water.

'Thank you for the party,' I said at last. 'It was the best one I've ever had.'

Eloise's fingertips met my toes and slid onto the tops of my feet. I closed my eyes and sank deeper into the bathwater. The amplified sounds of Eloise changing position echoed in the tub. Her knees moved near my feet. I did not open my eyes. I felt the intensity of heat radiating from her upper body and how it hovered over me. Her thigh slid between mine. I waited. What was I thinking in this moment? I can't remember. Only the feeling of heat, from her bath-thickened flesh, the deep water and the steam in the air. My own body softening. Eloise did not press against me but brought her face down to mine. Her lips found my mouth and she kissed me. Maybe I told myself, 'You have come this far without knowing why – what reason is there to step out now?' I opened my lips and kissed her. Her mouth was hot with a strand of cool saliva inside. She sighed. I lifted my hands from the bathwater and put them on her waist, slid them down to her hips and felt the feminine curve of her. How wild and mis-guided a life can become, but the body main-tains this simple truth: the elegant curve from the waist to the hip. My hand ran down the sweep of her back. She kissed me again and my heart swelled. The world disappeared beyond the bathtub and the room held us in its steamy cup. There were no words between us now. I touched her breasts and her stomach. She arched her back in response. A guilty, clinical part of my mind noted how she was completely functional in this way. Socially dysfunctional but sexually functional. She pushed her fingers inside me.

—

The moon swung up in the wide Brunswick sky. Underneath it and the streetlights and the corrugated roof of Eloise's little house, we lay together in her bed. Eloise had her head on my shoulder and my fingers smoothed her wet hair.

'You know I loved him,' she said. 'But I love you.'

'And I love you.'

'I missed him so much to begin with. I missed him so much that I think I almost conjured him some days. I'm a witch, you know?'

'Really?'

'I think I was a witch, in a past life, maybe. If we still thought in that way I'd be burned at the stake. Usually I can will a thing into being.'

'Anyone can do it with hard work.'

'But not with hard work. That's not what I mean. I can wish a thing into being. I wished you into bed, Jessica, and now here you are, touching me and telling me you love me.'

'I do love you.'

'I know, I know. But I called you up.'

I put my mouth to her forehead and inhaled her smell of warm, oily hair and soap. 'Then what about me,' I asked. 'Don't I have any say in it?'

'You sort of do. You can't put a spell on someone who is entirely unwilling. It will only be experienced as a type of sickness.'

'A spell? Is that what this is?'

'Not a spell,' said Eloise and curled tighter into my body. 'I called out into the world for you, not knowing it was you, and you responded. You took the job.'

'Literally,' I said.

'And metaphorically.'

'But maybe I called *you* up.'

Eloise considered this and turned her head towards the ceiling. 'Do you think that's possible?'

I thought about the course of my actions since meeting Eloise and how they could be construed to see me plotting my way to this point in bed with her. But every step I had taken was one of necessity, wasn't it? Each time I stayed longer than my shift required it was out of care, out of human duty to Eloise. But she had intoxicated me, it was true. My brain swam in her even when I was not at the house and last Tuesday I had come to complete a shift when there was no shift, and when she asked me what day it was I told her it was Wednesday. But before we met . . . I rolled my mind back several months. Before we met could I have conjured her up? Conjured up a damaged, violent woman where before I had conjured only feeble men?

'No,' I said and turned to face her in the bed. 'I think I am, in fact, under your spell.'

—

I resigned from the agency. It was the only thing to do.

'Are you sure, Jessica?' the woman at the office asked. 'We've a shortage of carers and there's more work coming.'

'I'm sure,' I replied. 'Thank you for the work, but I want to explore some new directions.'

A week later Eloise put in a call. After some persuasion to use my mobile, she lied with aplomb. Her mother was returning from interstate, she said, so she would not require a carer for the time being. She was well and had the file notes to prove it. We avoided questions from a caseworker by saying it was temporary.

I knew enough about admin at the agency to know it would fly under the radar for a couple of months.

I was unemployed for some weeks and contemplated whether the best option would be to find work with a different agency, or to try a different type of work altogether. I considered my mortgage payments but did not stress; Henry had been generous in our settlement. I wished I had someone with whom I could discuss my dilemma, but there was no one who would equally understand and offer sound advice. It was not an ethical dilemma, but a dilemma born of an ethical dilemma. I didn't feel torn about the ethical part. I felt drunk and happy, immersed with Eloise in her world.

—

It was midday and Eloise sat on a stool in the centre of the kitchen. We had spent the morning making love and drinking tea and getting out of bed and then back into it. Now I combed her wet hair down her back and circled her with the scissors. Pieces of black hair fell to the brown linoleum floor.

'Shorter,' she said, checking herself in the hand-held mirror. 'I think shorter. And a fringe.'

I took my orders. Nodded. A fringe. Her skull was small and oval-shaped and I flattened her hair against it.

'My mother used to look after me,' she said, unprompted.

I didn't reply. I wanted to hear. I didn't want to distract her from telling me.

'Angeline.'

'Your mother.'

'Yes. I used to live with her but it got too difficult. I got too difficult, I suppose. My sleep patterns . . . I'd wake her at night.'

'Did she live in this house with you?'

'She hated me.'

'She didn't.'

'She tried to love me but she hated me. When my father died I wasn't sad. I couldn't feel sad. I felt like the world was rushing in to fill me and it felt amazing. "Eloise," she'd cry, "Eloise! For God's sake, what's wrong with you? Aren't you human?" And I didn't know. But then later I felt sad. It got me later.'

I leant forward and put my face beside hers. Her cheek was soft and her hazel irises were transparent in the light from the kitchen window.

'Does she visit?' I asked.

'She comes to take me out.'

'I've never seen her.'

'She comes on days when you don't come.'

'Where does she take you?'

'I didn't say I went with her. But she'd like to take me to a café.'

I straightened a portion of Eloise's hair between my fingers and cut the ends. 'Don't you want to go?'

Eloise eyed her reflection in the mirror again. She looked at herself from below the chin, a superior sort of angle. 'Shorter,' she said.

—

Welcome back Dr Angeline Hargreaves! After a five-year sabbatical the University of New South Wales is thrilled to have Angeline return. The photograph showed a woman with shoulder-length dark hair and a fringe and one of those necklaces which are made of plastic or resin but are still expensive. Her lips were pursed in the slightest of smiles, while her eyes appeared to contemplate something else. Eloise's

mother was listed as an Associate Professor
with the English Faculty and took classes
on Mondays, Wednesdays and Thursdays.
I scrolled through the page again. So she
had come to Melbourne to live with Eloise
and then she had left. She had planned to
stay, to accept this burden out of love, but
she had left. She had fine pale skin and tired
eyes. A sabbatical. The poor thing. Eloise was
exhausting, unreasonable and unpredictable.
She was cruel and paranoid and got up in
the night, sometimes for the whole night and
might insist on talking. She bid you quiet
when you needed to talk and wouldn't let you
speak or make any sound for hours. At times
I was the object of her wrath and mockery
but I was also the object of her desire. I
loved being spent by her. I loved working
for her and keeping the chaos of her house
at bay. I loved existing in her wild space.
There was a rich world of benefits available
to me that Angeline could not have known.
I implanted the image of her in the space of
this house, or another, finer house with Eloise
in it. I saw Angeline worry. I saw her trying to
put things right. I saw her leaving appliances
plugged in and switched on and despairing

when the milk spoiled again. I remembered how Carly had hated me at times and how difficult it was to bear. She was strong like her sister, but as a teenager she turned her strength against me, against all of us, but mostly me. She didn't want to be a part of our family. Had anyone wanted to be a part of our family?

I tried to ask Eloise more about her mother.

'She might come,' she said a few times. 'She might come and meet you here.' But I doubted it.

When Eloise slept that night I got up and went through the kitchen into the yard. I crossed the concrete. The door was shut. I reached out and felt the cool galvanised steel. It wasn't locked. Inside the shed I would find Eloise's art. Shoeboxes, maybe, or milk cartons, replicas of the one house: a white picket fence – the sort that Angeline might have – a miniature toaster, a study with chesterfields. But what if it were a place I also knew? I remembered the birthday present I had never received and imagined our split-level house, with the dog kennel and the old-style trampoline, duplicated around me like a kaleidoscope. The green acrylic lawn would be cut to size and upstairs in the bedroom window, a light would be on. My fingers were on the handle. The door was open an inch. I closed it silently and went back across the yard.

—

I stayed every night at Eloise's and went home in the mornings to feed Pedro. We would eat dinner on the couch and leave our dishes for the morning. We would bathe and retreat to bed. I bought curtains for her bedroom and when I closed them Eloise would plug in the lamp. It had no shade and the electric light was blue on her skin. She pulled off her jumper and cast away her underpants and socks. Naked animal, bones and black fur, she crawled into the dirty covers. I desired her. I undressed more slowly. I laid my clothes over the chair and got into bed. My limbs are thick and earth-bound. Eloise's are willowy. She flowed around me like a stream of water, making clay. She dipped her fingers into my mouth and wrapped her arms in mine.

It was dark in the bedroom when she switched off the lamp. Only a frill of light showed where the curtain hung away from the wall. She lay under my arm. When she slept I tried not to move. I breathed shallowly lest I wake her and she swing to her feet, muddle through the house and into the garden to stand on a milk crate and look over the back fence at all the other back fences and netted fruit trees and the rooves of sheds and chicken coops and the big moon hanging like an old-fashioned streetlight. Chilled air filled the thin walls of her home but underneath the quilt was the sort of warmth you can't make with one body. I held her and held her, listening to the trams passing on Sydney Road.

'And how is your patient?' Mum asked from the lounge room. I was boiling two eggs in a saucepan on her stove and lifted one out with a teaspoon to check it had not cracked.

'Which one?'

'The girl patient. The one who had the party for you.'

'Oh, Eloise,' I said. 'She's doing well.'

'Getting better, is she?'

'Depends how you measure it. The expectation isn't that she'll return to her pre-illness self. What needs to happen is that she'll . . .'

'Cut the crap, Jessica,' Mum said from her chair.

'What?'

'She certainly planted a good one on you at the party.'

'Yes, well. She's affectionate.'

'You wouldn't be the first, you know. In our family. Your aunt was lesbian.'

'Aunty Carol?'

Mum nodded gravely.

'Really? I thought her fiancé died in the war and she never married?'

Mum shrugged. 'It's all true. Doesn't change the fact that she was lesbian.'

'But her fiancé was a man.'

She shrugged again. 'Guess she went off them after that. Couldn't very well blame her.'

'No one ever talked about it,' I said.

'Carol never talked about it. Doesn't change the fact.'

'Did she have a lover?'

'There was a woman friend for a long time. She died too. Then there was another, but no one when Carol passed away.'

'Shame,' I said.

She sniffed in resigned agreement. 'I'm just saying. You wouldn't be the first.'

Mum sat regally in her chair, thin wrists crossed in her lap, eyes watching the television but certainly sparkling, with all of her wits about her. I started to object.

'Eggs'd be done,' she said.

—

Hannah arrived on a Friday and dumped her rucksack on the porch. She rang the bell and I answered the door.

'Hannah,' I said. 'God.'

'What? Is it my hair?'

It was shorter than before and had been died black with burgundy flecks.

'Hannah, darling.' I grabbed her into a hug.

She squeezed me back. Her jacket smelt like a foreign city, her hair like coconut oil. My daughter was finding herself in a place that had nothing to do with me.

'Are you staying?'

She laughed and nodded towards her rucksack. It was bulging at the sides and the hood was strapped down over a rolled towel.

'On the pissy little couch?' I asked.

'Is that okay?'

She went inside and led the way down the corridor. She took in the strange place which her mother now called home. There were photos of her and Carly in frames along the walls.

'Heard from Carly?' she asked.

We had reached the lounge room, the body of the house like the bowl of a long-handled spoon. Hannah pushed her rucksack between the wall and the couch and perched on the arm of the couch.

'No,' I said. 'Not in a while. Last I heard they were going camping for Christmas.'

Hannah almost rolled her eyes. 'Eugh. Camping with kids. Can you think of anything worse?'

'Aren't you a community artist?'

'Sure,' she said. 'Community artist, not Outward Bound coordinator.'

I smiled. I felt awkward, standing before her in my tidy living room. My hands brushed the pockets of my jeans. 'You must be tired,' I said.

'Not really.'

'Do you want a cup of tea?'

'Sure.'

She got up and joined me in the kitchen. I put the kettle on and looked in the cupboard for something to feed her. She passed her hand over the cookbooks and potted herbs on the shelf by the window.

'This place is different from home,' she said.

I didn't know what she meant by home but didn't want to seem like I was making a point of it, so I waited for her to continue.

She took down a framed photograph of herself

and Mum from the ledge above the stove. She is a child in the photograph, clad in one-piece bathers that button on the sides. Mum is sitting next to her, wearing clip-on earrings and a colourful top. We were in Queensland. The next one in the series had them petting a killer python but I chose the one without the snake for the frame. I love Hannah in that photo. The sun is on her smooth brown skin and she is perfect. She is unabashed and strong. She is smiling a calm adult smile and has her hands around the railing on which she is sitting. Her legs hang askew and her plump stomach sits contentedly under her bathers.

'I mean it's . . . more stylish than where we grew up.'

She gazed about the kitchen; the dark blue tiles around the stove and the stainless steel rangehood, the terracotta floor and the image of the Nepalese temple which Carly had posted from her travels years ago.

'I suppose it is,' I said, knowing full well that I set out for it to be that way.

'It's like . . . this place is about you, not about us.'

I opened my mouth to speak but she corrected herself.

'Not just about us, I mean.'

I nodded. 'Life changes, it keeps moving. I'm in a different stage of my life now. How long will you stay?'

She lifted a large teapot down from the ledge. It was a square Moroccan one patterned in white and cobalt blue and it occurred to me that I had never used it. She found a couple of tea-bags and filled the pot with boiling water.

'Six nights,' she said. 'If that's okay.'

I told her that I would keep her for as long as she could stay. 'I'll take you out to dinner tonight,' I offered. 'There's a new Malaysian place on the East Brunswick side of Lygon.'

She looked embarrassed. 'Actually, I'm catching up with Dad and Maria tonight.'

I didn't skip a beat. 'Tomorrow night, then. If you're around.'

'I wouldn't have usually done it like this but I was taking a class yesterday and Dad and Maria are going away tomorrow morning and we have to sort out a few things for the trip.' She ran the words together in order to get them out faster.

'Hannah, it's completely fine. Even if you were out every night you'd still be welcome here.'

'But sorry to be spending the first night with him,' she said.

I shook my head. 'I'll leave a key under the mat.'

—

While Hannah was out I made up the sofa bed with fresh sheets. I had so many nice sheets and towels but only ever rotated the same few for myself. I chose a thick Egyptian cotton set and gave her my doona, because it was warmer than the spare. When the bed was made I sat at the end of it and looked at the blank television screen. The set-top box told me it was seven-forty. Hannah would be gone for hours. I collected my bag and keys and went outside to the Impreza. Hannah had laughed when she saw the badge, 'It *is* imprezive, Mum.'

Tonight would have to be a short visit. Eloise would be anxious to see me and would protest when I left, but I had no choice. My mother needs me, I decided to say. Over the next week I would steal scraps of time to go to her, when Hannah was out with friends. But I worried that would not be enough for either of us.

I turned the key in the ignition and then tried again. An impotent click.

The RACV gave me a wait time of ninety

minutes. 'We'll SMS you before the driver arrives,' said the girl on the phone. 'Make sure you're out the front.'

I fried an egg and ate it with buttery toast. The eight-thirty movie started and I waited for Hannah to come home.

—

She was drunk when she returned. Although I recognised that she was an adult and had seen her tipsy before, some part of me still recoiled at the fact that her father and Maria had allowed her to get that way. In truth, she was no worse than jolly. She swung down the hallway and into the lounge, coming to sit at the end of the sofa bed on which I was reclining. I sat up and turned down the volume.

'How are they?' I asked.

She shifted. 'They're good. Dad's got some new business venture. And a new car.'

We passed a few questions back and forth and then she said, 'They want to know if you're seeing anyone.'

I don't know why she said it. I wish she hadn't. Maybe she said it to make me feel good about myself, to convince an abandoned wife that the rest of the world still considered her attractive enough to find a mate.

'Who wants to know?' I asked.

'Maria was asking.'

'You can tell Maria that it's none of her business,' I replied and regretted it immediately. I felt my face flush and I got up from the couch. Already I felt ashamed for snapping at my daughter, for tearing down the façade I'd been so carefully constructing.

'Mum,' said Hannah. 'It's just because we want you to.'

I bit down on my tongue but it was no use. 'Tell her,' I said, 'that she'll be the first to know if I am.'

'I'll take you out for breakfast,' Hannah offered the next morning. She looked cute in spotty pyjama pants and had a laptop and an iPod on the doona beside her.

'On an artist's budget?'

'I'm doing okay,' she said and grinned. 'But you can take me, if you'd rather.'

Four poached eggs and three coffees later, we emerged onto Brunswick Street. A few hours passed looking at clothes and art books. It felt good to be in Hannah's company. Time ambled along with no restrictions. I remembered that from when she was a child or a young teenager on school holidays; nothing to do but be together. She asked me about work and I told her I was having a break.

'It must be intense,' she said.

I nodded.

—

A friend had taught Hannah the secret to a perfect laksa and she wanted to test it out. That night she chopped chilli and lemongrass at the bench. She cursed. 'Do you know what we forgot?'

'What?'

'Coconut milk. God, of all things.'

'I'll go,' I said. 'Just one tin?'

'But you're already in your slippers.'

'They come off. Or I'll leave them on and go to Barkly Square.'

Hannah laughed. 'If you're sure.'

I drove down Lygon Street and turned at Brunswick Road, went past the smaller supermarket. At Barkly Square I bought two tins of coconut milk and put them on the roof of the car to find my keys. Some teenagers in the parking lot were playing in a trolley. Other than that, the street was dark and quiet. At one end it led back towards Carlton and the other would take me straight to Sydney Road. I could be there in minutes. I stood for a moment, listening to the clatter of the trolley over the tarmac. Then I unlocked the door, grabbed the coconut milk and drove home.

—

Eloise had no way of contacting me. She didn't have my phone number, had never been to my house and didn't know my last name. I thought about this while Hannah stayed, but I didn't make contact.

Something happened in the time I spent with my youngest daughter: I ceased to be the person who went to bed with Eloise. She was on my mind but in more a remote way, as if she belonged to a part of my life many years ago. She fell back into a more logical position in my thoughts – a client about whom I worried. In practical terms, I knew there was food in the house, but her meds were the greatest concern. I had no way of knowing whether she was taking them or what might happen if she stopped.

Hannah extended her visit because the workshop for which she was returning was cancelled. I was glad to have her in the house. During her time in Melbourne she caught up with a few friends but mostly we got about together. We saw movies and even went to the museum.

After we had seen the dinosaur bones and the collection of spiders and Ned Kelly's armour, we walked through the Carlton Gardens. We had in our minds the vague goal of getting coffees, but were walking in a general southerly direction. The sky was cloudless and the park stretched luxuriously out in sheets of grass and paving, punctuated with tall European trees. My daughter wore a grey, checked jacket and a knitted scarf. I remembered when I used to choose her clothes. Under her cropped hair she had a round-tipped nose like her father and a pointed chin like me. I thought it was a vital and determined sort of face. She had her hands in her pockets and was watching her boots. She turned to me and didn't smile, which would have been too pretty a gesture for Hannah, but instead met my eyes briefly and pressed her lips together.

'Sorry that we were talking about you,' she said. 'Me and Dad and Maria. We had no right to talk about you in that way.'

I just loved her. I loved her more than Carly, more than I ever loved Henry, more than that ghost girl eddying in my mind.

'It's all right,' I said and touched her arm. I apologised for overreacting and she shook her head.

'It's your business. No one else's.'

We walked for a while.

'But you haven't asked me,' she said and blew some warm breath into the cold air. 'If I'm seeing anyone.'

I drew the moment out by a fraction of a second. I held her there in my vision in the park in autumn: the woollen scarf, her cold, rosy cheeks. So she was someone's partner now. Someone saw the beauty that I saw and coveted it. Some adult wanted to walk beside this adult and share their thoughts and days with her. I felt wildly proud and terrified.

'Who is it?' I asked.

She laughed in a shy little explosion and slowed her pace almost imperceptibly. 'Not someone you know yet,' she said. 'But we've been together for nearly eight months. I'm in love, Mum. With her.'

My lips opened but no words came out. I didn't look at her for fear of giving away my surprise. But she saw it, had anticipated it, of course.

'I've never been in love,' she continued boldly. 'Did you know that? I don't think I knew it. I've been in relationships, I've even been happy in relationships, but I've never been in love. I didn't believe that anyone was in love the way that I'm in love now.'

'What's her name?'

'Hayley.' She said it exactly as an adult who loves another adult might say the name.

Tears filled my eyes. I don't know if Hannah saw but she continued talking.

'I know it might be difficult for you to accept straightaway. It's important to me that you understand I haven't been hiding anything from you all these years. Meeting Hayley has surprised me too. Perhaps not as much as it will surprise you and Dad. But I hope you'll support me. Us. We hope you'll support us. I'd love to bring her to visit after I come back from overseas.'

I realised now that Hannah was the adult, had always been the adult of our family – the way she guided me through receiving this news. She radiated strength at this moment and strangely I felt *her* support.

I couldn't help crying. I really don't know why. I held my hands up to my face.

—

'Have you told Dad?' I asked Hannah that afternoon when we were back at the house and I was making more tea in the Moroccan teapot.

She sat at the kitchen table and shook her head. She helped herself to an apple from the bowl and sliced it up.

'I'll tell him on the trip.'

'What do you think he'll say?'

Hannah thought about this for a few moments without changing the expression on her face. 'I think his first words will upset me. I think he'll say something disparaging, about it being a stage or waiting for me to meet the right man, or he might even use a word like dyke, to throw me off. Don't you think?'

I considered how well she knew her father, how she had just illustrated his most likely reactions so exactly. 'He might do,' I said.

'But I'm prepared for that. I'll just have to humour him. I'll just have to be patient and wait for him to understand.'

'And Maria?' I asked.

She shrugged. 'It's not important.'

I stirred a generous teaspoon of honey into my tea.

I drove Hannah to the airport on Monday and didn't wait for the plane to take off.

'You go,' she said. 'Don't wait.'

Even though I wanted to wait, I also wanted to show that I respected her. It was a small and meaningless gesture. Maybe she wanted me to stay and was being polite. I don't know. It doesn't matter. She checked in her rucksack and zipped up her jacket and went through the boarding gates.

Next time she does this, I thought to myself, she will be flying to Italy. I tried to imagine the three of them checking in together, sitting in a row on the plane. Who would sit in the middle?

I drove home fast along the highway. I've always loved speed. I like to open my window just a crack and feel the car zooming through space. The radio was on but the wind drowned it out. I pressed the accelerator harder and nudged beyond the speed limit. A plane arched upwards into the sky, crossing my car in its path of flight.

B ack in Carlton the house was warm and filled with sunlight. It smelt faintly of coconut oil. I played a classical favourites CD and folded up the sofa bed. My daughter inspired me and I felt that by being in her presence I had become stronger. I bundled up the sheets and put them in the washing machine.

I didn't want to return to Eloise's. Over the course of eleven days she had become something else to me. I saw myself at my weakest with Eloise and her image was stained with my transgression. I didn't want to return but I was duty-bound. She may not have showered or eaten much since I had been gone.

But her mother would come, surely. Angeline would sense that something was amiss and fly in. If Angeline was that sort of mother.

Eloise was just a few suburbs away but I could not go to help her. I could not help her. My life could not be about making hers better or trying to guard her from that void. My life could not be about Eloise; it could only be about me. I would like to say that it could be about Hannah, or Carly, but they didn't need me any more.

I poured liquid soap over the linen, set the machine to quick-wash and closed the laundry door.

—

I spent a lot of time at Mum's that week. I took her out for coffee, cleaned the mould from the bathroom ceiling and soaked some of her shirts and spencers which had started to yellow. When I cleaned out her wardrobe I found a box of old photographs. There were pictures of Mum and Dad as young people, and me as a child, even more of my brother because he was the first. There were also photos of Errol, a man Mum loved before she loved my father. Errol went missing in the Korean War and Mum married Dad almost a decade later. Errol wore his uniform in the photos.

'Why don't you sort through these?' I asked her.

When I came back the next day she was still looking at them.

—

There isn't years of built-up stuff in my place like there is at Mum's. I got rid of a lot of things when I moved out of our family home. I ordered a skip then and threw half the contents of the house into it. Took carloads to the Salvos too, and then to Savings when the Salvos had had enough. Now I washed the floorboards with a wood cleaner, squeegeed the windows at the front and dusted furiously. At the end of it all I sat down on the leather couch. Pedro leapt up beside me. Silence was ringing off the walls.

There are things you can do to help yourself and things you can't help but do which do not help yourself. I read an article once in a doctor's waiting room which said that your unconscious mind made better decisions than your logical brain. Apparently the unconscious mind is capable of taking more factors into consideration, whereas your logical brain can only process a few pieces of information at a time. The writer thought that because of this, your gut instinct was the wiser option when making complex decisions. You know more than you think you know, he wrote.

I tried to listen to my gut but I needed someone to talk to. I called Michael but David answered.

'Oh Jessie,' he said. 'Michael will kick himself that he's missed you again. He's so fond of you, you know? But he's hopeless at staying in touch.'

'We're all busy,' I said by way of excusing Michael. 'Tell that old bastard to call me, okay?'

—

As hard as I tried to keep my thoughts clear of her, that long white girl came slinking in. She took up residence at the front of my mind and stayed there, watching me. Eloise, what state were you in? Were you furious and raging – had you kicked in the walls? Or were you still waiting every day for me to return? Was a vacuum opening in your chest?

An image of her pale body laid out on the kitchen lino struck my mind. Her blue lips were parted in a longing sigh and her poor eyes rolled.

But she was not dead. I could sort of feel it. She was lying on the couch in her living room, watching the television on the upturned milk crate. She had plugged it in. I closed my eyes and imagined the skies between our houses, saw miles of electrical wire suspended through the night and heard the buzz and flicker at their points of connection. I scanned like a radio looking for a station and then I found her frequency.

'I'm waiting,' Eloise told me through the darkness. I heard her voice as clearly as if she were beside me.

—

I returned to Mum's house again that evening and washed the dishes that were waiting by the sink.

'This is late,' Mum said, frowning from her chair. 'Is everything all right?'

One of the carers had set her hair in rollers and she was wearing her dressing gown.

'Of course,' I replied. 'I was just passing through Alphington.'

I made tea and sat down in the lounge room with her. The television was on. We looked at the screen but neither of us paid much attention. It was past Mum's bedtime and she was tired but I was not offering to leave. The ads shouted at us, one after the other, but they could not hide the silence. There's a big hole in my life, Mum, I wanted to tell her. If something doesn't fill it soon I don't know what I'll do. I drank my cup of tea and the other one cooled on the side table. Eventually the program ended and Mum reached for the remote.

—

As I lay in bed that night I noticed that the wall opposite me was dissolving. A gap had appeared in the middle and the room was being sucked into it. First a print slid along the wall; I heard the glass shatter. Then the books flapped from their shelves. The gap widened. The black space of the room was expanding, making everything that was something disappear. On the other side I knew the leather couch was going in – skin first and then the upholstery – and the photographs and all of my pottery. I heard the cutlery drawer jerk open in the kitchen and the wild clatter of its contents flying through the air. Then the wall was gone and only darkness was there, swelling at the edges. I blinked, felt the tug on the teeth in my jaw and knew what was coming. I was awake. I was sure of it. I held my hands in front of my face and watched my fingertips become nothing.

There was a rusty blue Honda in her driveway. I parked in the street and took my time to shut off the engine and get my things together, steeling myself for what I might meet inside. My mind ran with several possibilities but one rang clear: there is a new carer. I was frightened of what Eloise might have told them. In the six steps from the gate to the door I recalibrated my mission. I had to believe it myself or it would not be convincing. I had never had any sort of intimacy with Eloise. That would need to be evident from the new carer's first sighting of me. I had resigned from my official care work because my elderly mother required a greater deal of attention. Why then had I come to the house?

The door opened before I had a chance to slide my key into the lock. If I had been thinking

119

more clearly I would not have used the key. I held it out between me and the small, lined woman standing in the doorway. She had short hair pulled into a ponytail and wore a pale blue windcheater. I felt immediately relieved by her diminutive stature. I thought, this is someone I can fool.

'Yes?' Her eyes travelled down to the key in my hand.

I introduced myself as Eloise's last carer. 'I realised just yesterday that I still had the house key. I was going to drop it in the letter-box, then I thought it might be safer to give it to the new carer.'

The woman nodded. 'It's my first day here,' she said, shifting her weight to the other foot. 'I don't have a key yet. But I'll give this one to Eloise.'

A sudden fear gripped my heart. Was that it?

'And how is she?' I asked. I resisted the salesman's urge to nudge my foot inside the door.

The woman grimaced. 'To be honest, I don't know. She hasn't come out of the shed. She cancelled the service after you left, I read in the file. But someone put in a call a few days ago, requesting help again.'

I nodded, unsure what to say.

'Would you like to come in?' The woman stepped aside in the doorway. 'Have a cup of tea and see if you can coax her out?'

I hesitated. Part of me couldn't bear to get back in the car and drive away without so much as seeing her. On the other hand everything seemed to be taken care of. She was alive and had a new carer who knew nothing of the past. My life was intact and I had the sense at that moment that my actions were reversible. I could leave. I could leave and Eloise could never contact me. I would erase this sequence of events and it would be a strange secret which no one else need ever know.

No one else but Eloise.

'Thanks,' I said and stepped over the doorsill. 'A cup of tea would be grand.'

Acknowledgements

A big thank you to all the friends and family who offered support throughout this project. Firstly, thanks to Eva for your pitch-perfect ear and for encouraging me to go deeper. Many thanks to Rebekah and Trina for your generous feedback and to Venetia for sharing your expertise. Mum and Dad, thanks for letting me live at your place while I was writing this and Tim for letting me stay at yours. Lauren and Tristan, your encouragement came at key moments in this process and I am very grateful for it. Judith, no thanks could be complete without including you. Your guidance has been so valuable to me over the past year. I have been extremely lucky to work with Rod, Alice and David on this novella and to benefit from their wealth of experience and enthusiasm. Enormous thanks to the whole team at Seizure and Xoum for investing in new writers like me and making projects like this possible.

Incinération des cadavres à Dresde février 1945

By Source, Fair use,
https://en.wikipedia.org/w/index.php?curid=7830965

© Pierre Dagon
ISBN 9782915512403
sfm éditions
Dépôt légal janvier 2020

Pierre Dagon

Abdul
Alhazred

L'Apocalypse selon Lovecraft

Une femme à Berlin

Journal
20 avril - 22 juin 1945

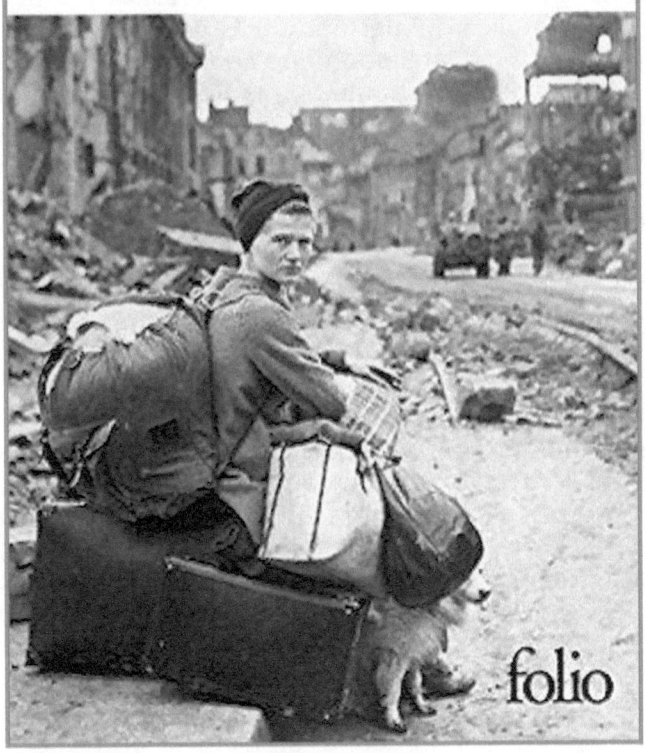

folio

Dieu avait enseigné les secrets de la philosophie naturelle et la vraie religion à quelques élus. Par la suite, on perdit cette connaissance, mais elle fut partiellement retrouvée et on l'incorpore aux fables et aux formules mythiques, pour la soustraire au profane et c'est par l'expérience qu'on pourrait la redécouvrir dans les temps modernes. **Newton**

La Grande Ourse représente la porte d'accès, le passage [...] certaines méthodes de méditation impliquant la Grande Ourse sont baptisées « vénération des sept étoiles qui permettent le passage ». (...)
C'est à cette constellation que *Le Necronomicon* fait référence lorsqu'il stipule que la Porte peut être ouverte lorsque « la Grande Ourse pend par la queue dans les cieux ». Sa réputation n'est plus à faire. Sous les latitudes le plus au nord, c'est le groupe d'étoiles le plus facile à repérer, et même un écolier peut y parvenir. Elle est si familière, si ordinaire, que nous avons tendance à oublier son importance primordiale pour les premiers navigateurs, les premiers astronomes et les premiers grands prêtres.
« Le Necronomicon » par Simon

Le sol humide portait aussi des traces de gravure ; Willett n'eut pas trop de mal à reconnaître au centre un énorme pentagramme entouré de quatre cercles fermés d'environ quatre-vingt-dix centimètres de diamètre chacun, placés entre la figure géométrique et les angles de la pièce. Dans l'un des cercles en question, près d'une robe jaunâtre négligemment jetée, était posé un kylix semblable à ceux des étagères, au-dessus du râtelier à fouets ; et juste au bord, en dehors du cercle, se trouvait un pichet de Phalère prélevé dans les rayonnages de l'autre pièce et portant le numéro 118. **« L'Affaire Charles Dexter Ward » par H.P. Lovecraft**

PREMIÈRE PARTIE

Lovecraft et Abdel Alhazred

Histoire du Necronomicon par

Howard Phillips Lovecraft

Titre original : *Al Azif*, azif étant le nom que les Arabes donnent au bruit nocturne produit par les insectes, et censé être le hurlement des démons. Rédigé par Abdul Alhazred, poète fou de Sanaa, au Yémen, qui, dit-on, vécut à l'époque des califes omeyyades, soit aux alentours de l'an 700. Il visita les ruines de Babylone, les souterrains secrets de Memphis, et vécut dix ans en ermite dans le grand désert du sud de l'Arabie, le Roba el Khaliyeh, ou « Espace vide » des Anciens, ou Dahna (désert « écarlate » des Arabes contemporains), désert qui passe pour être défendu par des esprits maléfiques et peuplé de monstres mortels. Ceux qui prétendent s'y être rendus racontent des choses aussi merveilleuses qu'incroyables sur ce lieu. Alhazred passa les dernières années de sa vie à Damas, où il écrivit le Necronomicon (Al Azif). Sa mort ou sa disparition (en 738) a donné lieu à nombre de récits aussi terribles que contradictoires. Ebn Khallikan (biographe du XIIe siècle) affirme qu'un monstre invisible le dévora en plein jour devant une foule de spectateurs paralysés par la terreur. On a beaucoup parlé de sa folie. Il se vantait d'avoir vu la fabuleuse Irem, ou Cité des Piliers, et trouvé, sous les ruines d'une certaine Cité sans Nom du désert, les annales et secrets épouvantables d'une race plus ancienne que l'humanité. Indifférent à l'Islam, il vénérait des entités inconnues auxquelles il donnait les noms de Yog-Sothoth et Cthulhu.

(...)

On raconte que les rumeurs auxquelles il a donné naissance ont inspiré R.W. Chambers, qui y aurait trouvé l'idée de son livre de jeunesse, Le Roi en jaune.

Chronologie :

Al Azif, écrit vers l'an 730, à Damas, par Abdul Alhazred. Traduit en grec en 950 sous le titre de Necronomicon par Theodorus Philetas. Le texte grec est brûlé sur ordre du patriarche Michel en 1050. La version arabe est perdue. Olaus traduit l'édition grecque en latin en 1228. En 1232, le pape Grégoire IX interdit les éditions latine et grecque.

14... Édition imprimée en caractères gothiques (Saint Empire).

15... Le texte grec est imprimé en Italie.

16... Réédition espagnole du texte latin.

Extrait du livre
Cthulhu : le mythe, livre 2 aux éditions Bragelonne (octobre 2015)
Traduit de l'anglais (USA) par Arnaud Demaegd

Abdul Alhazred dans l'œuvre de Lovecraft[1]

La Cité sans nom

Au fin fond du désert d'Arabie gît la Cité sans nom aux ruines muettes, ses murailles basses presque enfouies sous le sable d'innombrables âges. Elle gisait déjà ainsi, sans doute, avant que soient posées les fondations de Memphis, ou que les briques de Babylone sortent de leurs fourneaux. Aucune légende n'est assez ancienne pour révéler son nom ou perpétuer sa gloire passée ; mais on l'évoque à voix basse autour des feux de camp, et les grand-mères murmurent à son propos dans les tentes des cheiks, si bien que toutes les tribus l'évitent sans trop savoir pourquoi. C'est elle que vit en rêve le poète dément Abdul Alhazred, et qui lui inspira son mystérieux distique : N'est pas mort ce qui à jamais dort Et au fil des âges peut mourir même la mort.

(...)

Dans les ténèbres me revinrent à l'esprit des bribes de cette tradition démoniaque que je chérissais tant : des phrases d'Abdul Alhazred, l'Arabe dément, des paragraphes tirés des cauchemars apocryphes de Damascius et d'ignobles vers du délirant Image du monde, le traité anathème de Gautier de Metz.

---

[1] Ces extraits sont tirés des trois tommes de l'édition Bragelonne « Le Mythe de Cthulhu ».

Le Festival

(Le) Necronomicon de l'Arabe dément Abdul Alhazred, dans la traduction latine interdite
d'Olaus Wormius. Je n'avais jamais lu ce livre,
mais j'avais entendu chuchoter à son propos de
monstrueuses histoires.

L'Appel de Cthulhu

Quant à la secte, il estimait qu'elle avait pour
origine le sauvage désert d'Arabie, là où Iram,
la Cité des Piliers, rêve inviolée entre les dunes.
Le culte n'avait aucun rapport avec la sorcelle-
rie européenne et demeurait pratiquement in-
connu en dehors de ses adeptes. Aucun gri-
moire n'y faisait jamais vraiment allusion, bien
que les Chinois immortels aient suggéré qu'il
existât dans le Necronomicon de l'Arabe fou Abdul Alhazred des phrases équivoques destinées
aux seuls initiés, au premier rang desquelles
ces vers fort controversés : N'est pas mort ce
qui à jamais dort Et au fil des âges peut mourir
même la mort.

L'Horreur à Dunwich

C'est ainsi que cette gargouille noiraude à face
caprine de deux mètres cinquante, porteur
d'une valise de mauvaise qualité toute neuve
achetée à l'épicerie d'Osborn, apparut un jour
à Arkham en quête du tome redouté gardé sous
clé à la bibliothèque de l'université : l'atroce
Necronomicon de l'Arabe dément Abdul

Alhazred, dans la traduction latine d'Olaus Wormius publiée en Espagne au XVIIe siècle. Wilbur n'avait encore jamais vu de ville, mais rien ne le détourna de son chemin jusqu'à l'université.

Celui qui chuchotait dans le noir[2]

Bien sûr, ils pouvaient être apocryphes — d'autres avant moi avaient lu le monstrueux et détestable Necronomicon de l'Arabe fou Abdul Alhazred —, mais je n'en frissonnai pas moins à la vue de certains idéogrammes, que mes recherches m'avaient appris à associer aux terribles murmures à vous glacer le sang concernant des monstres ayant connu une semi-existence démente avant la naissance de la Terre et des autres planètes du système solaire.

La Maison de la sorcière

Mais toutes ses bonnes intentions arrivaient un peu tard, car Gilman avait déjà, dans les pages de l'effroyable Necronomicon d'Abdul Alhazred, (...) trouvé certaines notions qui concordaient avec ses équations abstraites sur les propriétés de l'espace et les rapports entre dimensions connues et inconnues.

---

[2] Je préfère nettement le titre de la traduction de Jacques Papy et Simone Lamblin « Celui qui chuchotait dans les ténèbres ».

Le Monstre sur le seuil

À l'insu de ses parents, il parcourut les pages de l'effroyable Livre d'Eibon, de l'Unaussprechlichen Kulten de von Junzt et même du Necronomicon, l'ouvrage interdit d'Abdul Alhazred, l'Arabe dément.

Le Molosse

À peine avions-nous posé les yeux sur cette amulette que nous éprouvâmes le désir ardent de la posséder. Ce butin était notre récompense logique et suffisante pour avoir pillé cette tombe séculaire. Nous l'aurions désirée, quand bien même sa silhouette ne nous aurait rien rappelé ; mais en y regardant de plus près, nous vîmes qu'elle ne nous était pas tout à fait étrangère. Si elle était effectivement inconnue de tout amateur sain et équilibré d'arts et de littérature, nous identifiâmes en elle une chose évoquée dans le Necronomicon, ouvrage interdit de l'Arabe dément Abdul Alhazred : l'effrayant symbole spirituel d'un culte nécrophage de l'inaccessible Leng, en Asie centrale. Nous ne reconnûmes que trop bien les sinistres caractéristiques données par le vieux démonologue lorsqu'il décrivait l'obscure manifestation surnaturelle de l'âme des profanateurs et mangeurs de morts.

L'Ombre immémoriale[3]

Mes annotations forment une preuve tangible que j'ai compulsé avec minutie des ouvrages tels que Le Culte des goules du comte d'Erlette, De vermis mysteriis de Ludvig Prinn, l'Unaussprechlichen Kulten de von Junzt, les derniers fragments de l'énigmatique Livre d'Eibon, et l'effroyable Necronomicon de l'Arabe dément Abdul Alhazred.

Les Montagnes de la démence[4]

Le décor me rappelait les étranges et perturbantes peintures asiatiques de Nicolas Roerich, et les descriptions encore plus étranges et perturbantes du maléfique plateau mythique de Leng qui apparaît dans le redouté Necronomicon, de l'Arabe fou Abdul Alhazred.

Ces masses visqueuses étaient certainement les créatures qu'Abdul Alhazred avait, bien qu'à demi-mot, évoquées dans son effrayant Necronomicon sous le nom de « Shoggoths » ; cependant, rien dans les écrits de l'Arabe fou lui-même ne sous-entendait que ces créatures aient pu exister sur terre, hormis dans les rêves des consommateurs d'une certaine herbe alcaloïde. Quand les Anciens à tête en étoile de notre planète eurent synthétisé leurs

---

[3] Ou « Dans l'abîme du temps » dans la traduction de Jacques Papy et Simone Lamblin
[4] Je préfère le titre de la traduction de Simone Lamblin « Les Montagnes hallucinées ».

nourritures simples et élevé suffisamment de Shoggoths, ils permirent à d'autres groupements cellulaires de se développer pour donner d'autres formes de vie animale ou végétale à des fins diverses et variées, tout en éliminant celles dont l'existence devenait problématique.

L'Affaire Charles Dexter Ward

Je suis les Instructions de Borel, et trouve grand Secours dans le septième Livre d'Abdul Alhazred. Quoi que j'obtienne, vous le recevrez.

M. Merrit blêmit quand, ayant descendu un bel ouvrage ostensiblement étiqueté *Quanoon-e'-Islam,* il s'aperçut qu'il s'agissait en réalité du Necronomicon interdit de l'arabe dément Abdul Alhazred, livre sur lequel il avait entendu tant d'horribles rumeurs, quelques années plus tôt, après la découverte de rites innommables dans un étrange petit port de pêche du nom de Kingsport, dans la province de la baie du Massachusetts.

La lettre de Joseph Curwen[5]

Sur la base de détails intrinsèques, Ward la data au plus tard de 1750. Il n'est peut-être pas inutile d'en donner le texte entier en guise d'échantillon du style d'un homme dont l'histoire fut si sombre et terrible. La lettre est adressée à « Simon », mais le nom est barré (par Curwen ou Orne, Ward ne put le déterminer).

Providence, le 1er mai (Ut vulgo) Frère,
Mon honoré et vénérable Ami, tous mes Respects et Vœux les plus sincères à Celui que nous servons pour votre éternelle Puissance. Je viens de découvrir ce qu'il vous faut savoir au sujet de la Dernière Extrémité et de ce qu'il convient de faire la concernant. Je ne suis point disposé à vous imiter et à partir à cause de mon Âge, car Providence ne met point autant d'Acharnement que la Baie à pourchasser les Êtres hors du Commun et à les traduire en Justice. J'ai de gros intérêts sur Terre et sur Mer, et ne saurais agir comme vous le fîtes ; outre cela, ma ferme de Pawtuxet a sous elle Ce que vous savez, qui n'attendrait pas mon Retour sous une autre Forme. Mais, ainsi que je vous l'ai dit, je me suis préparé aux Revers de Fortune, et j'ai longtemps étudié la Façon de revenir après la Fin. La Nuit dernière j'ai découvert

---

[5] Extraite du roman de Lovecraft « L'Affaire Charles Dexter Ward »

les Mots qui appellent YOG-SOTHOTH et vu pour la première Fois ce Visage dont parle Ibn Schacabao dans le... Il m'a dit que la Clé se trouvait dans le troisième Psaume du Liber Damnatus. Le Soleil étant dans la cinquième Maison, et Saturne en Trine, tracez le Pentagramme de Feu, et récitez par trois Fois le neuvième Verset. Répétez ce Verset le Jour de la Sainte-Croix et la Veille de la Toussaint, et la Chose sera engendrée dans les Sphères extérieures. Et de la Semence d'Autrefois naîtra Celui qui regardera en Arrière sans savoir ce qu'il cherche. Cependant cela ne servira à Rien s'il n'y a point d'Héritier et si les Sels ou la Façon de fabriquer les Sels ne se trouvent pas Prêts pour Lui. Et ici, je dois le reconnaître, je n'ai pas pris les Mesures nécessaires et n'ai pas découvert grand-chose. Le Procédé est difficile à atteindre et consomme tant de Spécimens que j'éprouve les plus grandes Difficultés à en obtenir suffisamment, malgré les Marins qui me viennent des Indes. Les Gens d'ici deviennent curieux, mais je puis les tenir à l'écart. Les Bourgeois sont pires que la Populace, car ils agissent de Façon plus subtile et l'on se fie davantage à leur Parole. Le Pasteur et M. Merritt ont trop parlé, je le crains, mais, jusqu'à présent, nous ne courons aucun Danger. Les Substances Chimiques sont faciles à trouver, car il y a deux bons Chimistes dans la Ville : le docteur Bowen et Sam Carew. Je suis les Instructions de Borel, et trouve grand Secours dans le septième Livre d'Abdul Alhazred. Quoi que j'obtienne, vous le recevrez. En attendant, ne

DEUXIÈME PARTIE

La Transition d'Abdel Alhazred

Le projet Manhattan

C'est le physicien Leo Szilard qui a développé les recherches sur la fission nucléaire à partir de la fameuse formule d'Einstein $E=mC^2$ de 1905, la découverte des neutrons par James Chadwick en 1932 et celle de la radioactivité artificielle par les époux Joliot-Curie en 1934, et d'autres travaux, notamment ceux de la mécanique quantique.

Einstein s'inquiètait donc du développement de sa célèbre équation qui aboutit à la possibilité de la fission nucléaire, donc à terme de la bombe atomique. En effet, il semblait que l'Allemagne nazie développpât la recherche dans ce domaine. Il écrivit une lettre au président Roosevelt le 2 août 1939 pour l'inciter à développer les recherches sur la bombe atomique, lettre dans laquelle il écrivait : « « Il apparaît évident qu'une (réaction nucléaire en chaîne) pourrait être possible dans un futur immédiat » (...) insistant sur le danger de « ce nouveau type de bombes extrêmement puissantes ». Deux mois plus tard, le 21 octobre 1939, le comité consultatif sur l'uranium se réunissait aux USA. Ce sont les prémisses du projet Manhattan, projet secret américain de recherche qui a permis la mise au point de la bombe atomique. En fait, c'est très simple : l'uranium naturel est un mélange d'uranium 238 et d'uranium 235 : or seul ce dernier est fissile, mais il est présent en faible proportion dans le minerai. Il faut donc mettre au point un procédé d'enrichissement de l'uranium en uranium 235. C'est simple à dire, mais difficile à faire. Le projet Manhattan y est parvenu. L'uranium 235 étant très dense la masse critique nécessaire pour l'explosion a un très petit volume[6], c'est pourquoi la bombe A américaine fut surnommée « Little Boy » ...

La bombe sera expérimentée par le bombardement de deux villes japonaises : Hiroshima (ordre du président américain Henry Truman le 6 août 1945) et Nagasaki (le 9 août).

La prolifération nucléaire a alors commencé : l'Union soviétique a conçu une bombe A à l'institut panrusse de recherche scientifique en physique expérimentale, le RDS-1, et l'a testée le 29 août 1949.

Le 3 octobre 1952 c'est le Royaume-Uni, suivi par la France en 1960 et la Chine en 1964.

Le 1er novembre 1952, les États-Unis déclenchent l'explosion de la première bombe H, cent fois plus puissante que la bombe A. Le premier essai soviétique de la bombe H a lieu le 12 août 1953 et le 15 mai 1957 pour le Royaume-Uni. Ces bombes utilisent la fusion nucléaire à partir d'isotopes de l'hydrogène (d'où le « H »).

Plusieurs traités de non-prolifération ont été signés par les USA et l'URSS, le dernier, de 2002, le Traité de réduction des arsenaux nucléaires stratégiques (SORT) prévoit que leurs arsenaux soient limités entre 1 700 et 2 200 ogives en 2012. Huit États souverains possèdent officiellement des armes nucléaires : les cinq puissances nucléaires de la guerre froide, les États-

---

[6] C'est encore pire avec les bombes actuelles au plutonium.

Unis, la Russie, la Chine, la France et le Royaume-Uni, et trois autres États qui ont acquis depuis cette capacité, l'Inde, le Pakistan et la Corée du Nord. Un neuvième état, Israël, dispose d'une force nucléaire non déclarée. C'est dire l'importance de l'arsenal nucléaire mondial, et le danger qu'il représente.

Abdul Alhazred a suivi cette évolution de très près. Il a été subjugué par la puissance de destruction de ces armes nouvelles. Tout cela dépasse, et de loin, les capacités de nuisance des Cthulhu et autres Grands Anciens. Voilà qui allait faire son affaire. Mais comment allait-il procéder ?

En fait, tous les moyens sont évoqués dans l'œuvre de Lovecraft. Il allait s'employer à les réunir...

Howard Phillips Lovecraft est décédé le 15 mars 1937. Il n'a jamais eu connaissance des applications pratiques de la relativité restreinte d'Einstein et des découvertes qui ont suivi. Il écrit pourtant en 1927, à Clark Ashton Smith : « C'est ma conviction et cela l'était déjà bien avant que Spengler n'appose le sceau de la preuve académique sur ce point, que notre ère mécanique et industrielle est une ère tout à fait décadente. »

Décadente, c'est difficile à dire, mais autodestructrice, oui...

Dresde le 14 février 1945

La Grande Ourse avait la queue qui pendait au nord-nord-ouest juste devant la Petite Ourse : la porte avait pu être ouverte et Abdul avait saisi les pouvoirs dont il avait besoin.

Abdul Alhazred maintenait sous sa domination un officier SS Totenkopf[7]. Ce type devait rager de se voir dominer et manipuler par un Arabe.

Abdul venait d'entendre le bombardement de la première vague des bombardiers anglais Lancaster qui ne l'avait pas atteint. Il attendait la deuxième vague... Elle survint alors, comme il l'avait pressenti, cette fois au-dessus de lui. Les bombes sifflaient en tombant vers lui. Ce qu'il ne pouvait prévoir, c'était s'il allait écoper d'une bombe incendiaire ou à détonation supersonique. Son besoin à lui était de recevoir une incendiaire, c'était son but. Si cela ne devait pas se produire, il attendrait le passage des bombardiers américains quelques heures plus tard. Ce qui l'ennuyait, c'est qu'il lui faudrait alors trouver un autre Totenkopf...

La chance était avec lui ! Le sifflement de la bombe qui se dirigeait vers lui était reconnaissable : une bombe incendiaire, une thermite.

Le SS était déjà parti tel un robot aux ordres, à la recherche d'une victime que lui avait

---

[7] Traduction « Tête de mort ». Composant les unités chargés du système concentrationnaire.

désignée Abdul, qui avait ralenti le temps pour que tout se coordonne parfaitement. La jeune fille qu'il avait maîtrisée se trouvait désormais dans la zone qui avait déjà été bombardée. Hébétée par les précédents bombardements, ne sachant pas si le ciel allait lui tomber sur la tête, elle ne comprenait pas pourquoi elle ne bougeait plus de l'endroit où elle se trouvait au milieu des ruines. Le sorcier lui avait offert un verre qu'elle avait accepté. Il contenait un liquide délicieux, épais, sucré. En fait c'était une poudre en solution confectionnée grâce au Necronomicon, qui permettait de faire de tout être humain un véhicule confortable pour celui qui l'avait fait boire.

L'officier SS Totenkopf apparut soudain au détour d'un monceau de pierres et de débris fumants...

Elle se tourna vers lui et l'interpella : « Hilfe[8] ! » Le SS lui répondit en ricanant : « Ich komme gleich[9] ! » Une sourde inquiétude la saisit quand elle prit conscience du sourire vicieux et égrillard du soldat et de la convoitise dans son regard. Mais elle ne put pas bouger d'un pouce, immobilisée. Le SS la saisit à la taille et remonta sa robe jusqu'à la taille, qu'il accrocha à sa ceinture, il arracha son corsage et massa ses seins avec brutalité. La jeune fille hurla et demanda pitié. L'homme la poussa contre un pan de mur et tenta de la pénétrer debout, mais il n'y parvint pas, car sa victime se laissa tomber

---

[8] Au-secours
[9] J'arrive !

inanimée, ayant perdu connaissance... Le soldat la retourna sur le dos pour se coucher sur elle... Pendant ce temps, Abdul s'était enflammé sous l'effet de la proche explosion de la bombe incendiaire. Ce n'était plus un être humain, mais une espèce de zombie en feu, la peau carbonisée, la graisse sous-cutanée offrant à l'incendie un bon combustible. Maintenant, le zombie en feu était déjà loin, son objectif était d'atteindre la scène de viol pour le but qu'il s'était fixé...

Quand il s'approcha, il vit le SS couché sur la jeune fille. Cela le rassura de ressentir qu'elle était toujours vivante. L'homme en avait fini, il se releva et ferma sa braguette, tout en se retournant il aperçut le zombie en flammes et poussa un cri de terreur. Mais il ne fut en aucun cas soustrait de la domination d'Abdul. Ce dernier s'approcha de sa victime tout en auscultant de loin l'utérus de la jeune fille pour s'assurer qu'elle était bien fécondée. Elle l'était. Abdul, toujours en feu, transformé en gargouille couverte de flammes, prit le SS dans ses bras et le remercia en Français : « Merci Herr SS ! Tu viens de me sauver la vie ! » L'Allemand hurla de douleur, crachant du feu comme un dragon quand sa peau s'enflamma sous l'intense chaleur de l'incendie ambulant qu'était devenu Abdul.

Soudain le corps de ce dernier s'affaissa, abandonné par son esprit qui avait gagné le petit ovule fécondé dans le ventre de la jeune fille...

Et ce furent deux corps carbonisés que retrouvèrent les soldats de la Wehrmacht chargés de rechercher les survivants. Une autre équipe emporta les deux corps calcinés qu'ils jetèrent sur le tas de cadavres empilés sur des rails de chemin de fer surhaussés pour assurer le tirage du feu quand il serait mis.

Dresde, juillet 1961

Le fils de Marta, âgé aujourd'hui de 16 ans, lisait un livre que sa mère lui avait procuré. Il était intitulé « Eine Frau in Berlin » et racontait le calvaire des jeunes femmes allemandes violées par les soldats soviétiques pendant l'occupation par l'Armée Rouge. L'auteur de cet ouvrage[10] était une femme qui avait le même prénom que sa mère, puisqu'elle s'appelait Marta Hillers. Mais son nom n'était pas inscrit sur le livre écrit en anglais et donc publié anonymement. On ne saurait que bien plus tard l'identité de son auteur. La mère de Karl connaissait ce nom, il ne savait pas comment, et elle le lui avait dit. Tout le monde faisait attention, car la STASI surveillait tout. Marta avait bien expliqué à son fils qu'il ne devait pas montrer ce livre, car les Allemands de RDA étaient alliés de l'URSS et ce livre était, pour eux, antisoviétique, même s'il ne disait que la vérité !

Le petit Karl, qui devenait un jeune homme, sentait mûrir en lui une autre personnalité, effrayante, mais qui ne cessait de le rassurer... Abdul ne s'était jamais endormi, il était resté éveillé dans le corps de Karl, caché dans un recoin de sa personnalité. L'auteur du Necronomicon s'était ainsi reposé pendant 16 ans. Un laps de temps qui peut paraître long pour le commun des mortels, mais insignifiant pour

---

[10] Publié pour la première fois aux USA en 1954.

Abdul qui prenait son temps, car son but n'était pas de remplacer Karl, mais de le dominer, et cela serait d'autant mieux une réussite si l'intéressé acceptait sans rechigner.

Quand ce moment arriva, la domination fut totale.

Le jeune homme sortit alors de l'appartement et dénonça sa mère à la STASI avec le livre en main. Les flics de la police politique lui dirent qu'ils allaient immédiatement arrêter sa mère et lui proposèrent d'attendre ici. Mais le jeune homme quémanda de pouvoir accompagner les Vopos[11] qui allaient l'arrêter. L'émotion de la mère d'avoir été ainsi trahie par son propre fils alimenterait son énergie noire interne.

Abdul/Karl rentra ainsi chez lui tranquillement. Les employés de la STASI ne lui dirent pas quand les Vopos viendraient arrêter sa mère.

Ce fut le lendemain matin à l'aube. L'officier qui commandait l'arrêta sans explication. Son avenir était sombre, elle allait être torturée, peut-être remise au KGB russe. Enfin, son avenir était noir, très noir...

Abdul jubilait. Le commandant Vopo lui recommanda de s'adresser aux services sociaux pour être pris en charge, car son appartement était réquisitionné. Le jeune homme n'avait que deux jours pour prendre ses dispositions... Ce qu'il se garda bien de faire. Sa volonté était de disparaître dans la nature. Son objectif : fuir Dresde et atteindre le rideau de fer pour passer à l'ouest. Son but : Innsmouth.

---

[11] « Volkspolizei » : police du peuple.

Ce ne fut pas très difficile. Il rassembla quelques provisions (il fallait bien nourrir ce corps) ainsi que tout l'argent qu'il trouva et se rendit à pied à la gare routière.

L'emprise qu'il exerçait sur les gens lui permit de se rendre facilement à Berlin.

Le 26 mai 1952, la RDA avait imposé un « régime spécial sur la ligne de démarcation » afin de bloquer les « espions, les divisionnistes, les terroristes et les contrebandiers. » Avaient-ils dit. Mais la question pour le SED[12] était d'arrêter l'hémorragie des Allemands de l'est fuyant vers la RFA pour éviter l'occupation de l'Armée Rouge et le régime communiste. À ce jour la frontière entre les deux Allemagnes était difficile à franchir... Mais cela ne constituait pas une grande difficulté pour Abdul, car le mur de Berlin n'était pas encore édifié. Il allait l'être dans peu de temps. Le jeune homme se rendit à la gare de Dresde et prit le train pour Berlin. Làbas il passa à l'ouest sans aucune difficulté, usant parfois de ses pouvoirs étendus de persuasion...

Sa destination était le port de Hambourg où il parvint assez rapidement. Sa transformation s'était accélérée, il devint capable de se mettre en phase d'hibernation pour un long voyage clandestin dans un paquebot américain qui devait le mener à New York. Une fois arrivé làbas, il était presque parvenu à sa destination : Innsmouth...

---

[12] « Sozialistische Einheitspartei Deutschlands » traduction : parti socialiste unifié d'Allemagne. En réalité le parti communiste de l'Allemagne de l'est.

Innsmouth automne 1961

Abdul arriva à Innsmouth dans l'état d'un clochard. Il s'installa non loin de l'ancienne demeure des Marsh, et décida de vivre une vie normale dans les années qui suivirent. Il n'était pas fébrile, pour lui le temps n'était pas une priorité. Il le maîtrisait bien.

Une fois rétabli, il s'assura que tout était encore en place à Providence dans le quartier de Pawtuxet[13]. Le laboratoire souterrain de Joseph Curwen était toujours là.

Rassuré, il repartit vers d'autres projets, il avait besoin d'argent pour mener à bien son retour auprès des souterrains de la villa de Pawtuxet et réussit une très belle carrière de chef d'entreprise des pompes funèbres. C'était un job qui lui plaisait !

Il fut assassiné en 2010 lors d'un cambriolage de sa luxueuse villa située en bord de mer. Son esprit resta dans le cadavre de l'homme qui le contenait. Il ne put pas s'en dégager, impossible d'exercer son art assez complexe pour passer d'un corps à l'autre.

Il fut enterré avec le cadavre... L'horreur était son habitude, son destin, son traintrain quotidien. Il se mit en hibernation, sachant que sans doute, dans l'immense futur, quelque chose ou quelqu'un le délivrerait de sa prison...

---

[13] Quartier de la demeure de Joseph Curwen.

TROISIÈME PARTIE

Innsmouth de nos jours

Robert Olmstead

Robert Olmstead, petit-fils d'Obed Marsh, après sa transition contée par Lovecraft dans sa nouvelle « Le Cauchemar d'Innsmouth » en 1931, s'intéressa à Abdul Alhazred, dont l'écrivain avait beaucoup parlé, mais dont il ne dit, en fin de compte, pas grand-chose.

« Je vais tout préparer pour que mon cousin s'échappe de son asile de Canton, et nous irons ensemble à Innsmouth dans l'ombre des prodiges. Nous nagerons jusqu'à ce récif qui médite dans la mer, nous plongerons à travers de noirs abîmes jusqu'à la cyclopéenne Y'ha-nthlei aux mille colonnes, dans ce repaire de Ceux des profondeurs, et nous y vivrons à jamais dans l'émerveillement et la gloire.[14] » Robert avait retrouvé là-bas, dans les fonds océaniques, son arrière-grand-mère, « une Marsh d'origine inconnue dont le mari vivait à Arkham. »

Auparavant, lorsque son oncle lui avait montré la tiare, parmi les bijoux des Orne, il s'était évanoui. Ces bijoux, sa grand-mère prenait plaisir à les regarder, bien qu'apparaissant répugnants à quiconque d'autre les observait. Ensuite, au lieu de se suicider comme un de ses oncles, il vécut dans de terribles cauchemars et, progressivement, notamment après qu'il vit un *shoggoth* dans un de ses rêves, une exaltation le saisissait à son réveil après ces rêves,

---

[14] « Le Cauchemar d'Innsmouth » Éd. *Ebooks libres et gratuits.* Traduction par Jacques Papy et Simone Lamblin. Idem pour les citations qui suivent...

malgré *le masque d'Insmouth* qu'il voyait en se regardant dans la glace.

Mais il n'avait pas retrouvé sa grand-mère... Où était-elle passée ?

Il décida de revenir à terre, en reprenant forme humaine, où il commença son enquête sur sa grand-mère.

« Ma grand-mère d'Arkham me paraissait étrange, presque terrifiante, et je ne crois pas l'avoir regrettée lorsqu'elle disparut. (…) On disait qu'elle était morte de chagrin après le suicide de mon oncle Douglas, son fils aîné. » Avait-il dit, il y a longtemps, lorsqu'il avait enquêté sur sa famille juste avant sa transition. « Ce fut en parcourant les lettres et les portraits du côté Orne que je me mis à éprouver une sorte de terreur de ma propre ascendance... »

Là-bas, lorsqu'il se trouvait dans les gouffres de l'océan, cette idée le tarabustait encore. Il ne s'était pas libéré. Sa grand-mère le hantait encore. Elle était Eliza Orne (d'Arkham), née en 1867, et avait épousé James Williamson (d'Ohio) à l'âge de dix-sept ans. Il fallait remonter encore plus loin dans le passé.

Lovecraft avait écrit : « Il y avait eu (…) de grandes discussions autour du mariage de son père[15], Benjamin Orne, aussitôt après la guerre civile ; car la parenté de la jeune épouse était singulièrement mystérieuse. » (…) « On pensait qu'elle était orpheline d'un Marsh, mais elle avait été élevée en France et ne savait rien de sa famille. »

---

[15] Le père de la grand-mère de Robert...

Était-elle la fille naturelle d'un Marsh haut placé ?

Pour parachever sa quête, il avait besoin d'un opérateur. Qui pouvait être mieux placé qu'Abdul Alhazred, l'Arabe soi-disant dément selon Lovecraft et qui, malheureusement, était loin de l'être ?

La compilation des travaux de l'écrivain de Providence lui permit de repérer les œuvres dans lesquelles « l'Arabe dément » fut cité, et pourquoi il le fut.

Avait-il existé ? Oui ! répondait Robert.

Il se lança donc dans une enquête approfondie sur l'existence d'Abdul Alhazred. Il reconstitua ainsi son passage dans notre siècle tel qu'il le raconterait dans un manuscrit qu'il remettrait à Lovecraft dans la cave où ce dernier se cachait des attaques de « Ceux du dehors »[16]. Auparavant, il lui exposerait ce que l'écrivain lui-même avait écrit sur l'auteur du Necronomicon, et lui rappellerait la lettre de Joseph Curwen datant du XVIIe siècle et qui montre implicitement l'intérêt qu'Abdul Alhazred pourrait porter aux « poudres » des *Materia* retrouvées par l'équipe d'enquêteurs dans le laboratoire souterrain du sorcier situé à Providence.

Ce sinistre butin pourrait bien intéresser Abdel Alhazred lui-même ! Lorsqu'il avait pénétré dans la maison des Calmet à Innsmouth, il était entré par effraction, sans un bruit. HPL avait débranché les capteurs extérieurs qui lui permettaient de voir et entendre. Ce que Robert Olmstead ne savait pas c'est qu'il eut la chance

---

[16] Voir épisode précédent : « Le Voyage à Innsmouth »

d'éviter Alice de peu[17]. En effet, elle attendait dans la cave pour réceptionner les pots de poudre provenant de Providence, et elle repartit là-bas avec Garand quand ils étaient venus la chercher pour avoir son avis sur le projet de brûler les pots de poudre des Gardiens.

Olmstead entra dans la cave au moment même où le trio s'était dissous dans l'air pour rejoindre la crypte de Curwen à Providence. Une fois entré, il ne tarda pas à découvrir le monceau de flacons contenant les poudres « Materia » des grands personnages de l'histoire humaine, hommes et femmes qui pouvaient être reconstitués à partir de cette pulvérulence très fluide. Mais pour cela, il fallait connaître la méthodologie, les palabres et les formules magiques et alchimiques pour y parvenir. Or tous les personnages capables de le faire avaient disparu : Joseph Curwen qui avait été détruit par Merritt et les autres furent éliminés ensuite par la créature du flacon No 118 que ce dernier avait ramenée à la vie involontairement en psalmodiant une formule qu'il avait découverte.

Cette créature du No 118 devait être Abdul Alhazred, c'était sûr, seul lui aurait pu détruire des sorciers aussi puissants...

L'intrus pensa justement qu'il devait exister un registre qui avait noté l'identité des gens transformés en poudre conservée pour chacun dans un flacon numéroté. Après avoir cherché un bon moment, il trouva le bouquin, un grand livre relié cuir visiblement très ancien.

---

[17] Voir l'épisode précédent « Le Voyage à Innsmouth »

Il trouva un siège pour s'asseoir et consulta le registre après l'avoir posé sur ses genoux... Cette consultation lui prit beaucoup de temps. L'angoisse le gagnait, car, sans doute, l'équipe Calmet ne tarderait pas à arriver... Heureusement pour lui ils étaient occupés à finir le travail qu'ils avaient commencé à Pawtuxet... Ce qui fait qu'il eut le temps de découvrir que ce qu'il cherchait était bien dans le registre : il allait pouvoir mettre en œuvre les moyens nécessaires pour retrouver sa grand-mère !

L'enquêteur, le monstre redevenu humain, réussit juste à temps à entrer dans la pièce où se trouvait Lovecrat avant que toute l'équipe de la maison n'apparaisse de nouveau dans la cave...

Alice, Garand, Jean et Véronique furent très surpris de découvrir un intrus lorsqu'ils pénétrèrent dans la pièce où se tenait Lovecraft et son appareillage. Ils se serrèrent dans l'étroit réduit en compagnie de Robert Olmstead et de Lovecraft dont le cerveau conservé par « ceux du dehors » dans un cylindre étanche relié à un système d'ordinateurs lui permettait d'avoir contact avec le monde extérieur via Internet et l'informatique... Ce fut Alice qui était allée récupérer son cerveau sur Yuggoth[18].

Immédiatement, Robert Olmstead s'expliqua. Il ne craignait pas de dire la vérité, jusqu'à un certain point. Son exposé des faits porta donc sur Abdul Alhazred et il leur fit part des résultats de son enquête sur l'Arabe « dément » auteur du Necronomicon... Les autres restaient sur

---

[18] Voir la nouvelle « Lovecraft à Espérance »

leurs gardes. Robert était quand même le petit fils de Obed Marsh ! L'homme avait insisté sur ses intentions louables, mais ses motivations pour retrouver l'auteur du Necronomicon n'étaient pas très claires...

« Mais vous êtes entrés par effraction chez nous ! » S'exclama Alice, interrompant l'intrus.

« Oui, je l'avoue, mais j'ai sonné d'abord, et personne n'a répondu...

- Mais comment saviez-vous que nous étions dans cette maison et que nous étions en possession de ce qui vous intéresse ?

- Figurez-vous que vous n'êtes pas passés inaperçus ici. Cela fait longtemps que je surveille les allées et venues des gens à Innsmouth. J'ai donc vu arriver Ralsa Marsh ainsi que toute votre équipe. Je savais ce que vous et lui cherchaient. Vous m'avez devancé de peu !

- Mais bonsoir, comment tout cela s'est-il retrouvé dans la même courte période ?

- Vous aviez vos motivations pour venir ici ?

- Oui, je peux vous le dire sans crainte : nous sommes venus pour mettre Lovecraft à l'abri des Mi-Go, Ceux du dehors... Et nous avons fait d'une pierre deux coups...

- Le concours de circonstances est fabuleux ! Je le concède. N'est-ce pas ce que vous appelez *La Trame* ?

- Si vous voulez, je suis prête à vous le concéder. Et que nous apportez-vous en échange de notre collaboration, puisque je crois comprendre que vous nous la demandez...

- Le résultat de mon enquête sur Abdul Alhazred. Je sais où il se trouve et, donc, je sais où le trouver.
- Bon, nous vous écoutons.
- D'abord je souhaiterais poser une question à Lovecraft. Est-il connecté ? »

« Oui ! répondit ce dernier, je vous écoute.

- Pourquoi avoir répété que l'auteur du Necronomicon était dément ? » Demanda Robert à HPL.

Ce dernier répondit :

« Je ne sais pas. La technique du narrateur pour développer l'inquiétude... En fait, j'ai consulté des manuscrits dans lesquels il était présenté comme tel.

- Oui, mais cela est contradictoire, car la démence de l'auteur affaiblit le crédit donné au texte qu'il a écrit, le Necronomicon...
- C'est vrai...
- D'après mes investigations, il n'est pas dément du tout... C'est un esprit puissant, d'une énergie considérable, et il transite de corps en corps, ce qui le rend éternel. Je ne sais pas quel procédé il utilise, ce n'est pas celui de Joseph Curwen qui, pourtant, a utilisé le Necronomicon pour élaborer les siens...
- Il y a bien des méthodes pour y parvenir, à condition de posséder l'énergie nécessaire et au bon moment...

- Oui, justement, et si je suis ici, c'est parce que je pense qu'il s'est intéressé à ces méthodes, et qu'il est venu à Innsmouth pour tenter de récupérer les sels des Materia et des Gardiens... Le corps qui l'héberge a été assassiné lors d'un cambriolage. Je sais où il est enterré. Si nous n'avons plus de nouvelle de lui, ainsi qu'aucune indication d'énergies ésotériques provenant de son âme torturée c'est qu'elle est toujours présente dans le cadavre de son hôte... »

Un silence pesant régna. Puis Jean prit la parole : « Mais pourquoi, Robert, recherchez-vous Abdul ? » L'homme hésita. Puis il répondit : « Je sais que vous avez détruit les sels des Gardiens et transféré les sels des Materia ici. Lui ne le sait pas. S'il est venu à Innsmouth c'est pour être à l'abri de *Ceux du dehors* et non loin de l'endroit de stockage de ces sels, à Providence. Je suis intervenu lors de son arrivée début des années 1960 et l'ai abordé pour parler avec lui de l'Allemagne, car il "habitait" un Allemand. Il m'a expliqué gentiment qu'il avait fui l'Allemagne et émigré ici pour faire fortune. Ce qu'il a fait d'ailleurs. Il faut comprendre que, pour lui, le déroulement du temps n'a pas la même valeur que nous, il est très différent, d'où l'idée qu'il puisse être dément... Ensuite, j'ai pris bien soin de ne pas le perdre de vue. Cinquante années plus tard, et après son décès, j'ai observé votre arrivée et votre action dans les souterrains de la maison de Joseph Curwen. J'ai été très heureux de votre réussite. Mais si nous ne faisons rien, nous ne contrôlerons plus la situation... Alhazred peut trouver un autre corps, je ne sais ni quand ni comment, mais c'est toujours possible. Il faut prendre les devants, aller trouver sa dépouille et le maintenir prisonnier. Est-ce possible ? »

HPL prit la parole.

« Je ne sais pas. Vous savez où il est inhumé ! Que proposez-vous ? »

Robert réfléchit.

Garand interrompit sa réflexion : « Qu'y gagnons-nous à faire revenir Abdul Alhazred ?

- Eh bien, il est sûr qu'il faut qu'il soit en notre pouvoir une fois cela fait.
- Ne comptez pas sur nous ! C'est trop dangereux. Je ne sais pas si nous avons les moyens de vous en empêcher, mais nous mettrons tout en œuvre pour éviter cela... Maintenant, veuillez sortir s'il vous plaît. »

Robert Olmstead obtempéra sans un mot. Il fulminait, car l'équipe de détectives avait en sa possession la poudre de sa grand-mère, qui permettrait, grâce aux pouvoirs de l'Arabe dément de la faire revenir... Cela, ses adversaires ne le savaient pas...

Une fois le cambrioleur parti, ils se réunirent pour un conseil de guerre.

Jean prit le premier la parole : « Sans doute qu'il a en vue de ressusciter quelqu'un grâce à l'Arabe. C'est pour cela qu'il a quitté ses profondeurs, pas pour rien... Il est vrai également que retrouver ce dernier avec ses énormes pouvoirs ne manque pas d'intérêt. Mais comment gérer cela ?

- Eh bien il faut trouver la méthode pour délivrer l'entité qui nous permettra de maîtriser pareille créature. Et nous ne pourrons y parvenir qu'en lisant le Necronomicon lui-même !
- OK Howard, mais es-tu volontaire pour le faire ?
- Eh bien oui, et j'ai d'ailleurs déjà commencé. Je vous tiendrai au courant... Je vois que Véronique est partie pister notre ami le cambrioleur. Elle saura nous dire où il se tient...
- Oui, elle est partie pour cela.
- Ceci dit, Howard, n'oublions pas que c'est Abdul Alhazred qui a écrit le Necronomicon ! Il n'aurait pas inscrit dans ce livre les moyens à mettre en œuvre pour que quelqu'un puisse le maîtriser...
- Oui, c'est logique... Mais, on ne sait jamais... Je verrai bien.
- Bon, en attendant, il ne reste plus qu'à espérer des nouvelles de Véronique...

о
о   о

Véronique suivait Robert Olmstead, elle n'avait pas besoin de le voir... Son radar interne le « voyait » de loin. Ce n'était pas un humain, il émettait une énergie, celle d'un *Profond*, il en était un spécial, car capable de revenir à la forme humaine qu'il avait eue auparavant, à un moment donné de sa vie.

Le Profond entra dans une vieille maison située sur la grande avenue de Federal Street sur la route d'Arkham. Elle attendit un moment. Olmstead n'était pas seul... Une énergie bizarre, un peu terrifiante exsudait de ce petit rassemblement. En fait les deux hommes étaient à proximité d'une entité macabre et démoniaque. Véronique pensa au cadavre de l'homme qui possédait en lui Abdul Alhazred. Le cimetière n'était pas loin, elle décida de s'y rendre. Elle remonta dans sa voiture louée et atteignit rapidement le lieu de sépulture. Un rassemblement de personnes qui palabraient bruyamment attira son attention par le bruit que ces gens faisaient. Elle gara sa voiture et s'approcha de l'attroupement. Les personnes semblaient terrifiées et haranguaient le shérif présent.

Toute cette assemblée entourait une tombe sur laquelle était inscrit le nom de Karl Hillers. Une femme excitée engueulait le shérif en lui assurant que cette sépulture avait été violée et exigeait que l'on vérifie si le défunt était toujours présent. Mais le shérif ne pouvait pas le faire sans avoir l'autorisation de la justice... L'affaire dégénérait. Une tension régnait, palpable par tout le monde, et encore plus par Véronique qui faisait beaucoup d'efforts pour passer inaperçue.

La foule hystérique eut raison du shérif. Décidément cette ville était pleine de folie macabre... Quelqu'un avait amené des outils pour soulever la dalle de marbre et une fois celle-ci déplacée, tout le monde put constater que le couvercle du cercueil était déplacé, et, une fois ce dernier relevé, le cercueil apparut vide de tout occupant.

Véronique qui commençait à prendre de l'âge, mais qui paraissait toujours aussi jeune et aussi désirable, s'éloigna et rejoignit sa voiture. Il lui fallait prévenir les autres que le travail d'Olmstead avait commencé... Une fois installée dans le fauteuil du conducteur elle appela Jean.

« J'ai suivi Olmstead, je sais où il habite, j'ai son adresse, c'est sur Federal Street, sur la route d'Arkham. J'ai été attirée par une montée d'énergie macabre au cimetière situé non loin de là. Il y a un attroupement de gens excités qui ont su, je ne sais comment, qu'une violation de sépulture a eu lieu. Leur colère et leur agressivité ont obligé le shérif à rester passif quand ils ont ouvert le tombeau qui est vide. J'ai lu le nom sur la stèle, c'est Karl Hillers. D'après moi, Olmstead a un complice qui a dû violer la tombe cette nuit et emmener le corps dans la maison où ils se trouvent actuellement. Que fait-on ? »

Un silence de plomb fut la première réponse du père de sa fille Alice.

Puis : « Je pense qu'il faut qu'on y aille... Je consulte Alice et Garand... et HPL... »

Puis, assez rapidement, il reprit la conversation : « Viens nous chercher, on y va tous ! »

Elle remit le contact et démarra en trombe. Quand elle passa devant la maison assez décrépite, elle tenta d'apercevoir quelque chose, mais les volets étaient clos et les abords de la maison étaient une véritable forêt vierge.

Jean, Garand et Alice l'attendaient devant leur propriété.

Une fois tout le monde entassé dans la voiture, Garand prit la parole : « Il doit avoir un complice. Cette nuit pendant que nous agissions contre Ralsa Marsh[19] et que nous nous occupions des pichets de Phalère et des lécythes dans la crypte de Joseph Curwen, son complice est allé récupérer le cadavre. Ils doivent être en train d'organiser la transition... Sans doute qu'Olmstead a embauché un complice pour faire le sale boulot et pour servir de véhicule à l'esprit d'Alhazred... » Tout le monde opinait du chef, car chacun avait pensé à la même chose...

Alice : « Comment allons-nous procéder ?

- Je ne vois pas d'autre solution que l'attaque frontale... On se disperse, on sort notre arme et on entoure la maison. Chacune et chacun d'entre nous tentera de s'y introduire. Il faut opter pour la cave. Gardons notre sang-froid, car cela risque d'être terrifiant. Nous avons l'habitude. »

Tout le monde fut d'accord, chacun sortit son arme de poing, sauf Véro qui conduisait.

La nuit tombait, tant mieux : leur approche serait plus facile.

Véronique se gara un peu avant la maison. Elle n'avait pas allumé ses feux. Ils sortirent en silence et sans claquer les portières, les poussant doucement. Un sentier s'enfonçait à droite le long d'une maison située avant leur but. Jean et Véronique l'empruntèrent à tout hasard pour

---

[19] Voir l'épisode précédent : « Le Voyage à Innsmouth ».

aller prospecter. Si ce sentier passait derrière la maison d'Olmead, ce serait excellent. Véronique réapparut en sortant de la brume qui tombait et leur fit le signe avec le pouce levé : le sentier passait bien derrière la maison...

Arrivés devant la bâtisse très décrépite, Garand et Alice entrevirent une lumière rougeâtre au travers des fentes d'aération des volets. « Il y a un feu à l'intérieur ! » S'exclama Alice. D'un seul élan, l'homme et la femme s'élancèrent vers la porte d'entrée. Garand fit jouer la clenche et la porte s'ouvrit ! Immédiatement une chaleur de fournaise et une atroce odeur de chair décomposée les saisirent. Garand fit un pas en avant et regarda à l'intérieur : il n'y avait plus de plancher ! Son regard se porta immédiatement vers la cave où un corps momifié brûlait alors qu'autour de lui Olmstead et un autre homme se tenaient debout. L'homme poisson levait les bras au ciel en psalmodiant une formule incompréhensible. Garand visa et tira sur lui. La balle l'atteignit à la poitrine, mais ne produit aucun effet sur lui. Il poursuivit son travail de nécromancien. Garand tira une deuxième balle, puis une troisième. Olmstead s'écroula soudain stoppant des palabres et en ricanant... Le feu s'intensifiait et consumait le corps qui devait être celui de Karl Hillers. Mais où était passé « l'esprit » d'Alhazred ?

De l'autre côté du grand fossé carré qu'était devenue la cave, Jean et Véronique étaient apparus. Véronique braqua son pistolet en direction du compagnon de Robert Olmstead et posa sèchement la question : « Y a-t-il un extincteur ici ?

- Non madame ! répondit l'homme visiblement terrifié.
- Comment fait-on pour vous rejoindre ?
- À votre gauche, un escalier... »

Puis Jean interpella Garand et Alice : vous nous rejoignez ? « OK ! » Répondirent-ils. Ils furent obligés de ressortir et d'emprunter le petit sentier qui passait derrière la maison, en ayant bien pris soin de fermer la porte, en espérant que personne n'avait vu la lumière des flammes du mort enflammé...

Une fois sur place, Garand fouilla l'homme et lui demanda son nom. Il répondit : « Adolphe ». Pendant ce temps, Jean est allé consulter Olmstead : il était mourant, mais pas encore mort. Il lui posa cruellement la question, se préoccupant nullement de l'état de santé du personnage : « Où est Abdul ? » L'homme s'essoufflait et changeait de physionomie. Il redevenait un poisson, le masque d'Innsmouth. Et il ricana de ses lèvres fines et larges en montrant son front de son doigt palmé : « Ici ! Et si je meurs, vous ne pourrez jamais le récupérer !

- Tant mieux ! affirma Alice debout à côté de Garand.
- Oui, elle a raison, approuva ce dernier. »

Jean était allé chercher l'extincteur et s'approchait du corps qui brûlait toujours dans une fumée qui sentait atrocement la viande pourrie brûlée. Olmstead tourna la tête et le vit, il dit : « Oui, c'est ça ! Éteignez ce sale feu ! »

Du coup Jean hésita. Ce n'est pas bon quand un ennemi vous félicite pour ce que vous faites... « Éteignez ce feu ! » Hurla Olmstead en tentant de se relever. Mais sans y parvenir.

Soudain, le corps enflammé bougea ! Le cadavre se tourna légèrement pour se mettre sur le côté afin de pouvoir s'appuyer sur son coude, se relever et se mettre à genoux. Sa tête se releva et il ouvrit la bouche et cracha du feu tel un dragon tout en se relevant pour parvenir à la station debout.

Olmstead se mit à hurler : « Non ! Non ! Noooooon ! »

Le zombie en flammes se tourna vers lui et fit deux pas en sa direction. L'homme poisson qu'il était redevenu désormais se trouva sur le ventre et se mit à ramper pour échapper au monstre de flammes.

Jean, Véronique, Alice et Grand ne savaient que faire... Ils ne comprenaient pas la situation, ils avaient peur de faire une bêtise en intervenant en plein milieu d'une procédure occulte terrifiante. Le fait qu'Olmstead était terrifié lui-même les engageait à laisser faire...

Le zombie en flammes se pencha sur le corps d'Olmstead et le saisit par son vêtement pour le mettre debout. L'homme poisson continuait de hurler en suppliant le zombie de ne pas faire ce qu'il allait faire.

Puis, le cadavre en flammes entoura l'homme-poisson de ses bras en feu et l'étouffa en crachant dans sa bouche ouverte une longue et fine flamme éblouissante, ce qui éteignit immédiatement les vociférations de la victime...

Pendant tout le déroulement de cette « cérémonie », Véronique observait l'homme qui prétendait se nommer Adolphe. Il avait les yeux brillants, le regard hypnotisé par ce spectacle pourtant terrifiant...

Tout à coup les flammes s'éteignirent comme si on avait éteint la lumière... Les deux corps, celui de Karl Hillers et celui de Robert Olmstead s'étaient écroulés. Ils gisaient sur le sol dans les bras l'un de l'autre, chacun enserrant l'autre quasiment amoureusement...

Nos quatre détectives se tournèrent dans un même mouvement vers Adolphe.

« Pouvez-vous nous expliquer ce qu'il s'est passé ? » Questionna Jean.

« Oui...

- Qui êtes-vous d'abord ? Vous prétendez vous nommer Adolphe, comme Hitler ?
- Oui, comme Hitler...
- Pourquoi cette provocation ?
- Eh bien, parce que le corps que j'habite désormais entièrement et complètement était déjà lié à moi, et c'est moi qui lui ai soufflé cette plaisanterie, car autrefois, je connus Hitler qui fut mon vaisseau...
- Ah ! Vous êtes...
- Oui, je suis Abdul Alhazred ! Et ce que vous venez de voir est un simple protocole pour me transférer d'un corps à l'autre...
- Mais de quel corps.
- Eh bien avant que vous arriviez, mon ami Olmstead que l'on voit ici bien brûlé, m'avait accueilli dans son corps. C'était

très désagréable d'être dans un vaisseau qui n'est qu'un homme-poisson... Mais je n'avais pas le choix, il avait parfaitement suivi le protocole... Heureusement pour moi, vous avez opportunément volé à mon secours en le tuant. Sa mort imminente m'a fourni l'énergie nécessaire pour refaire le protocole, le zombie nécessaire étant encore présent...

- Et si je vous tue d'une balle de revolver ?
- Eh bien, j'ai suffisamment d'énergie accumulée pour passer d'un corps à l'autre. Et même si vous tuez tout le monde je resterai presque éternellement dans le cadavre de celui que j'aurai habité en dernier... Je vous fais une proposition de collaboration. Travaillons ensemble. Moi aussi je suis atterré par tous ces monstres dans notre univers...
- OK, mais quelle garantie avons-nous de votre neutralité ?
- Aucune. Vous détenez les pichets de Phalère contenant les Materia. Ainsi que le registre qui nomme les humains et autres conservés dedans sous forme de cette poudre absolument fluide, qui n'a aucune tension superficielle, qui a même une tension superficielle négative comme le mercure... Olmstead était revenu, car il cherchait le récipient en plomb de la forme des pichets de Phalère contenant le concentré poudreux de sa grand-mère. Il a consulté le registre et a

découvert le numéro de cette brave dame...

- Et quel est ce numéro ?
- Je l'ignore. Je n'ai pas eu le temps de sonder son esprit assez loin pour le découvrir... Je vous propose d'étudier le registre et de se mettre d'accord sur les personnages à faire revenir...
- Vous êtes capables de le faire ?
- Oui puisque c'est moi qui ai inventé le processus. Je suis un peu votre serviteur, car ce corps que j'habite n'a pas plus de forces que les vôtres et mes pouvoirs sont très complexes à mettre en œuvre, il faut du temps et des dispositions particulières des astres et de l'espace pour y parvenir. Tout est là : l'espace et le temps, la coïncidence et l'énergie. Je l'avoue, je suis un peu votre prisonnier, volontaire, car c'est vous qui savez où se trouve le stock des récipients en plomb...
- Il faut qu'on sorte de ce trou au sens propre du mot. La police ne va pas tarder à venir. Qui va se rendre à pied à la maison (il faut un quart d'heure de marche...) ? »

Garand se proposa et partit immédiatement. Les quatre autres empruntèrent la voiture. Tous croisèrent les voitures de police sirènes hurlantes. Garand croisa une personne avec un appareil photo en bandoulière qui l'interpella : « Bonsoir ! Je suis journaliste, j'ai été informée d'une violation de sépulture. Le cimetière est loin ?

- Assez...
- Bon, faut que je retourne à ma voiture...
- Je peux vous accompagner pour vous conduire...
- Ah ! OK, très sympa ! »

La femme était assez jeune, et semblait très sûre d'elle... avec un petit sourire ironique en coin. Il faisait sombre et Garand ne la voyait pas distinctement.

« Vous travaillez pour quel journal ?

- Le Providence Journal.
- Ah, et ça marche ?
- Pas facile, les ventes papier ne cessent de baisser. Le site Internet marche bien dans sa partie gratuite, la partie payante beaucoup moins bien... »

La maison que Garand venait de quitter était désormais en flammes. Le zombie en feu avait dû tenter de se déplacer à un étage supérieur et mit le feu partout. Les voitures de police barraient la route. La journaliste négocia pour s'approcher, mais les flics restèrent intraitables...

« Laissez tomber, attendez le bon moment. Le cimetière est plus loin. Il faudrait y aller à pied.

- Voyez-vous un rapport entre cette violation de sépulture et cet incendie ?
- Non, je n'en vois aucun... Je vais vous laisser. Je dois rentrer.
- OK. Je vous aurais volontiers ramené en voiture, mais je dois rester ici. Je

parviendrai bien à glaner quelques infos et à faire quelques photos. »

Garand se reprocha de ne pas avoir mieux scruté le visage de la jeune femme. Dans l'obscurité, il avait perçu une belle brune... Qui lui paraissait quelque part familière...

Dans la nuit noire, les hautes flammes semblaient luire comme un sinistre ricanement. Tout cela ne faisait pas un bon présage. Les pompiers ne parvenaient pas à les éteindre, elles semblaient les narguer, avoir une farouche volonté de détruire complètement cette maison maudite.

Garand se remit en marche dans la nuit à la lumière des réverbères. Jean avait bien manœuvré, il aurait pu emmener tout le monde en voiture, mais il espérait bien que Garand se porte volontaire pour rentrer à pied, car, il avait saisi qu'Alhazred ne savait pas où se trouvaient les pots de plomb des Materia. Le temps lui avait manqué pour discerner cette information dans la mémoire d'Olmstead. Il leur fallait donc ruser au cas où, garder Garand en réserve à l'extérieur.

En effet, Jean qui conduisait demanda à Abdul où il logeait. Ce dernier lui donna une adresse assez loin, sur Main Street, en direction de l'hospice. Ils le déposèrent là-bas. Alors qu'il leur demandait où ils habitaient, ils esquivèrent et lui dirent qu'ils lui donneraient des nouvelles dès le lendemain. Faisait-il semblant de ne pas savoir, ou était-ce réel? En tout cas, il ne rechigna pas et se contenta de rentrer chez lui.

Alice demanda à son père Jean de retourner sur Federal Street pour chercher Garand. Il y avait pensé et c'est ce qu'il s'apprêtait à faire. Les trois mousquetaires croisèrent le chemin de Garand alors qu'il se trouvait non loin de la rivière Manuxet. Ils se retrouvèrent tous les quatre dans la maison d'H.P.L. et tentèrent de mettre au point un stratagème et de définir la position qu'ils devaient tenir vis-à-vis d'Abdul.

Garand commença : « Je pense qu'il faut dès maintenant déménager les pichets de Phalères. Où les mettre en sécurité ?

- Assez loin d'ici, on a la possibilité d'aller loin, mais où ? répondit Alice.
- Aller loin, c'est facile, mais cela nous rend la tâche difficile pour surveiller ce trésor. Répliqua Véronique, qui s'était désormais habituée à parler d'égal à égal avec le nouveau Garand qu'elle avait en face d'elle.
- Effectivement, qu'en penses-tu Howard ? questionna Jean. »

H.P.L. avait écouté les explications qui lui furent données dès l'arrivée de l'équipe et participait à la conversation.

« Dans quelle mesure, peut-on faire confiance à ce personnage qui possède des connaissances terrifiantes de maîtrise des forces occultes ? Il ne peut pas les mettre en œuvre comme ça d'un claquement de doigts, il doit respecter les protocoles, mais il les connaît tous et en a inscrit une partie, une partie seulement, dans le Necronomicon. Ce très très grand sorcier restera en contact avec nous, car nous possédons les fameux pichets de plomb. Il sera capable de faire revenir les personnages qui y sont enfermés sous forme de poudre. Ce en quoi il est intéressant. Il faudra aller le voir demain et lui proposer un marché : à chacune de ses demandes de consultation du registre, ce sera donnant-donnant, nous lui fournirons le pichet correspondant à sa demande à condition qu'il nous explique de qui il s'agit et dans quel but...

- Oui, mais nous courrons toujours un risque...
- On devrait commencer par lui demander de nous faire revenir quelqu'un qui nous intéresse, qui pourrait être notre allié, nous aider à nous défendre contre lui... Répondit Garand
- Oui, mais qui ? demanda Alice.
- Un grand sorcier, mais un bon sorcier... soliloqua Jean
- De quelle manière pourrait-on utiliser contre lui ses propres prescriptions du Necronomicon ? Par exemple les formules du Dragon, la queue descendante ou la queue ascendante, ou la terrible formule de Joseph Curwen qui commence par PER ADONAI...
- Stop ! »

Jean avait interrompu Garand qui n'avait pas l'intention de prononcer la formule jusqu'au bout, formule qu'il ne connaissait pas d'ailleurs. Garand reprit : « De toute façon que craignons-nous ? Nous avons tous de grands pouvoirs, Alice étant la plus puissante d'entre nous. Ne sommes-nous pas nous aussi de grands sorciers ?

- Oui tu as raison, voyons donc d'abord où stocker notre butin qui se trouve dans la cave...
- Oui Howard... As-tu une idée ?
- J'avais pensé à la maison de Saône-et-Loire, le carrefour des mondes... Mais ne vaut-il pas mieux le garder près de nous ? À portée de nos mains, si je puis dire, puisque je n'en ai plus... Il y a, pas loin d'ici, les restes de l'usine de raffinage de l'or des Marsh. Pourquoi ne pas visiter ces ruines et y aménager un endroit sûr ? Ces vestiges doivent comporter des endroits qu'on peut sécuriser... De plus ils n'ont pas l'inconvénient d'être reliés aux passages.
- Ah ! Très bien, bonne idée Howard. On y va tout de suite ?
- Garand ! Nous on est fatigués Véronique et moi, il faut qu'on dorme. Vas-y avec Alice, vous êtes indestructibles, vous...
- OK ! »

Avant de partir, Garand raconta sa rencontre avec la journaliste du Providence Journal. « Il faut s'attendre à ce qu'elle aille fouiner partout ! »

Garand et Alice se munirent de lampes de poche, sortirent de la maison et se dirigèrent vers l'usine de raffinage en ruines à proximité.

Abdul Alhazred

Abdul était rentré « chez lui » assez fatigué. Enfin, c'était plutôt le corps dans lequel il se trouvait qui était fatigué, un homme de petite taille, chétif. Il se reposa un peu et commença à tracer des signes, des cercles et des triangles, des formes géométriques étranges sur le sol… Avant de s'occuper des petits pots de plomb, il devait régler un problème : neutraliser *Ceux du dehors*, les *Mi-Go*. Il est vrai qu'ici à Innsmouth, ils étaient interdits de séjour, mais ce n'était pas définitif. La Terre entière devrait leur être interdite. Pour cela il devait se rendre sur Titan et les repousser vers Yuggoth, leur rendre Titan inconnue, ce satellite de Saturne devait disparaître de leur conscience, ne plus exister pour eux. Ils utiliseraient leur base de Pluton (appelée Yuggoth) pour se rendre à l'extérieur du système solaire. Ces créatures étaient des abruties. Seul Nyarlathotep pouvait les diriger. Et… lui, Abdul Alhazred, qui espérait ardemment que cet Homme Noir soit occupé ailleurs. Le problème, c'était que ce voyage, pour lui, était sans retour, il ne savait pas faire mieux. Alice était la seule capable de le faire revenir. Pour cela, il devait lui laisser un message : « Alice, je suis sur Titan ! Venez me chercher… » Le lever du jour était le moment de la conjonction des planètes et celui où la Grande Ourse pendait par la queue.
Quand ce moment fut arrivé, il envoya mentalement le message à Alice, et prononça la

formule au centre de son tracé cabalistique. Le petit homme malingre se trouva instantanément sur Titan, sous sa forme fluide, non organique, son corps matériel était resté sur place, ce qui constituait une vulnérabilité considérable.

Évidemment il se trouva dans l'église de Federal Hill, le quartier italien de Providence. Enfin, son image, son reflet venu du passé, car cette église n'existait plus là-bas à Providence. Son but était le siège de l'usine des Mi-Go, ces sombres créatures ailées, dont les ailes leur permettaient de voguer sur les rayons cosmiques, ceux du système solaire et ceux de l'espace interstellaire, et même intergalactique. « L'espace est grand, qu'ils aillent se faire voir ailleurs ! »

Ses déplacements devaient suivre la même logique physique que ceux qu'il pratiquait sur Terre. Là-bas, c'était comme ici, sur Titan : il y avait la même pesanteur, le même oxygène dans le même air. Mais tout ceci n'était qu'illusion, un moyen de survivre. Un spationaute avec son scaphandre ne verrait même pas tout cela. Il ne verrait que Titan avec ses mers de méthane et ses montagnes…

Le sorcier descendit les marches du clocher de l'église, emprunta le transept et sortit par la grande porte. La vue était extraordinaire. À l'horizon il voyait Saturne et ses anneaux, gigantesques. En fait, l'atmosphère de Titan était très brumeuse et un homme normal n'aurait pas eu cette vision. C'est l'imagination qui rendait réelle cette vision. En fait, il voyait ce qui était vrai, si on effaçait ce qui gênait la vue... Il se rendit en marchant sur le sol de Titan jusqu'à l'antre des Mi-Go.

C'est à ce moment-là qu'Alice reçut son message. Rappelons-nous que le temps n'est pas le même quand on voyage ainsi dans l'hyperespace et quand nous subissons son lent déroulement sur Terre.

La si belle jeune femme se réveilla en sursaut. Il était six heures du matin. Elle n'avait dormi que quelques heures après avoir assuré le transfert des pichets de Phalère dans une cave bien isolée de l'ancienne usine de raffinage des Marsh. Avec Garand, ils n'eurent aucun mal à trouver cet endroit idéal. Garand avait emmené son Athanor pour voyager au travers de l'espace et du temps, et, alors que Jean assurait dans la cave de leur maison où étaient stockées les petites cruches en plomb, Garand faisait l'aller et retour entre le père et la fille pour déplacer tous ces petits objets précieux. Le temps nécessaire fut pris, mais un spectateur extérieur dans la cave de la maison aurait vu disparaître le tas en un clin d'œil, et un autre observateur extérieur dans la cave de l'usine désaffectée les aurait vus apparaître en un clin d'œil...

Le message d'Abdul était clair : il lui demandait de venir le chercher sur Titan ! Là-bas, il assurait la sécurité de la Terre en neutralisant les Mi-Go ! Cela semblait un signal de paix, un acte qui donnait des gages de bonne conduite.

Mais, en même temps, ce message n'était pas une simple demande, il présentait une obligation à laquelle Alice ne pouvait échapper. Quand la jeune femme reçut ce choc, elle commença à mieux appréhender le danger que pouvait représenter Abdul Alhazred. Elle saurait le provoquer quand elle le retrouverait là-haut sur Titan.

Alice alla en informer les autres. Elle commença à réveiller ses parents, Jean et Véronique, leur expliqua la situation et leur expliqua qu'elle allait demander à Garand quelle méthode choisir pour se rendre sur Titan : la pierre noire ou l'Athanor. Elle ne pouvait pas utiliser le vent solaire ici, car elle avait besoin du Drac qui vivait au fond du fleuve là-bas en France à Espérance...

Garand lui proposa une solution mixte : elle utiliserait la seconde pierre noire du clocher de Federal Hill[20], et lui la suivrait de loin au travers de son Athanor, son petit four qui permettait de voyager dans l'espace-temps...

Il lui fallait emprunter la Porte qui se situait dans l'ancienne maison d'Ephraïm.

« Innsmouth est riche de repaires de grands et terribles sorciers ! » Avait déclaré Lovecraft. Celle-ci se trouvait sur Washington Street. Elle rassembla son matériel (pistolet et pierre noire) et se dirigea vers son but, d'un pas décidé. Le jour se levait. Il faisait encore sombre et elle voyait encore les étoiles. Quand elle emprunta Federal Street, elle se dirigeait vers le nord.

---

[20] Voir « Celui qui hantait les ténèbres » de HPL (1935) Traduit par Claude Gilbert.

Juste au-dessus de l'horizon La Grande Ourse, Grande Casserole ou Grand Chariot laissait « pendre sa queue ». C'était le bon moment pour ouvrir une porte... Alice se remémora les noms des sept étoiles[21] qui constituent cette casserole dont la ligne formée par les deux étoiles Merak et Dubhé, est toujours dirigée vers l'étoile Polaire, astre principal de la Petite Ourse et autour duquel le ciel entier pivote pendant les 24 heures de la journée, d'où son nom de « polaire ». Il faut un télescope pour apercevoir dans la Grande Ourse les cinquante galaxies qu'elle abrite, du moins que son image dans le ciel abrite, car ces galaxies, comme d'ailleurs les étoiles qui la composent ne sont pas situées sur le même plan. Parmi ces cinquante on compte : pour les plus lumineuses : la paire M1 et M2 qui se trouve au sommet de la Grande Ourse, une galaxie spirale, M101, au Nord-Ouest de l'étoile Alkaïd, les galaxies M108 et M109, galaxies spirales aussi. On trouve aussi, la nébuleuse planétaire M97. Tous les éléments étaient réunis pour ce voyage interplanétaire. La maison, ou ce qu'il en restait fut rapidement à sa vue, car elle marchait très vite. De son pas élancé, son magnifique buste aux tendres petits seins sur de longues jambes habiles, son si beau bassin aux hanches arrondies et à la taille si fine, et au-dessus de son buste, son long cou et son visage ovale au sourire éclatant et aux yeux couleur menthe à l'eau, comme dans la chanson d'Eddy Mitchell.

---

[21] Merak, Dubhé, Phecda, Mégrez, Alioth, Mizar (étoile du milieu de la queue) et Alkaïd...

La maison en ruines d'Ephraïm Waite était toujours là, bien sûr, cachée par les broussailles et mauvaises herbes du jardin resté en friche, comme une dent creuse et pourrie dans l'alignement des immeubles de chaque côté. Ce matin, elle savait où aller, car elle avait expérimenté cette porte il y a peu. En empruntant le chemin qu'elle avait tracé cette fois-là, elle atteignit facilement le trou profond dont le fond était accessible par un vieil escalier encore très solide. Une fois en bas, elle sortit de son sac son pistolet auquel était attachée la seconde pierre noire, provenant d'un univers différent de la première. Cette pierre possédait deux vertus : la première, son effet sur son arme lui permettait de tuer d'une simple balle les Mi-Go, appelés aussi Ceux du dehors qu'elle allait retrouver là-bas sur Titan, la seconde, c'était son vaisseau pour voyager.

Cette fois encore, une fois la pierre tenue à bout de bras vers le ciel pour la pénétrer se son regard profond, le soleil se leva. Un rayon lumineux très vif trouva son chemin en zigzag parmi les broussailles, descendit au fond du trou et traversa le cristal noir en se décomposant en mille couleurs d'arc-en-ciel. À ce moment-là, quand ses yeux furent pris dans l'arc-en-ciel, elle pensa à rejoindre Titan, elle demanda au soleil de l'y envoyer... Ce qu'elle craignait plus que tout était de se retrouver une fois de plus dans l'église de Federal Hill. Son moyen de transport serait-il cette fois le vent solaire, la déplaçant à la vitesse de la lumière ? Le temps qu'elle mettrait serait de 70 minutes. C'était dur d'utiliser un moyen de transport qu'elle ne maîtrisait pas. C'était la pierre qui décidait ! Selon quel programme inscrit dans son ADN ? Personne ne le savait. L'intervention d'Alhazred avait peut-être changé les choses ? Le Drac était-il au large d'Innsmouth pour intervenir ? Elle ne le saurait jamais. Néanmoins elle se retrouva instantanément sur Titan ! La pierre lui avait fait faire ce voyage à travers les espace-temps.

Malheureusement, comme elle le craignait, elle se retrouva dans le clocher de la doublure numérique de l'église de Federal Hill. Qui plus est, au sommet du clocher là où se trouvaient la pierre noire originale, les sept sièges, le squelette d'un journaliste et l'entité noire. Elle détacha la pierre noire de son pistolet, sortit la boîte en or de son sac et l'y plaça habilement, en se gardant de jeter un regard là où il ne fallait pas. Cette fois, aucun Mi-Go ne l'attendait. Alhazred avait dû faire son boulot...

L'antre des Mi-Go était une grande usine. Même le grand sorcier qu'était Abdul, ne savait pas ce qu'ils y faisaient. Ce qui était sûr c'est qu'ils utilisaient un minéral particulier qu'ils trouvaient sur Terre. Ce serait difficile de les déloger, comme projetait de le faire Alhazred. Il faudrait sans doute compter aussi sur la présence de Nyarlathotep, cette espèce de commandeur de Ceux du dehors. La nécessité de négocier avec lui s'imposait. Le corps numérique du sorcier s'introduisit dans les locaux. Il y faisait très sombre et cela ne le gênait pas vraiment. En plein milieu de cet étrange endroit, maléfique à souhait ; mais lui aussi l'était, il prépara une procédure pour solliciter Yog-Sothoth. Ce personnage était un Necronomicon vivant. Non seulement, il connaissait tout le contenu de ce livre de Nécromancie, mais il en savait bien plus et il utilisait d'autres procédures que celles, si complexes nécessitant des ingrédients impossibles à trouver et des conjonctions aussi impossibles à réunir. Vu de l'extérieur, un observateur n'aurait rien remarqué de spécial, en dehors de l'anormalité du lieu où il se trouvait. Un homme immobile les bras ballants, telle une statue de sel, semblait sans vie. Puis, l'Homme noir se matérialisa devant lui et resta également immobile. Sans doute, les deux entités conversaient. Cela dura peu, jusqu'à ce qu'elles se dissolvent dans l'espace.

Alice traversait le chœur de l'église, se dirigeant vers la nef centrale quand un jeune homme très beau apparut à côté d'elle, armé d'un grand sourire. La jeune femme ne se laissa pas impressionner et brandit son pistolet, qui, elle le savait, en ce lieu de l'espace-temps, était efficace même contre les entités numériques qui l'habitaient.
L'homme marqua un recul et leva les mains :
« Alice ! C'est moi Abdul ! »
La jeune femme ne se laissa pas abuser.
« Et puis quoi encore ? Qui êtes-vous ? »
L'homme sourit de plus belle et lui raconta les événements récents qu'Alice avait vécus avec lui…

« Mais comment ? Avez-vous changé de corps ?

- Oui, si on veut, disons plutôt que c'est toujours le même corps que j'ai modifié à mon goût, et comme vous le voyez, le résultat n'est pas si mal…

- Et qu'avez-vous utilisé comme modèle ?

- Eh bien, un personnage historique que vous connaissez bien : Dracula, quand il était jeune…

- Dracula ? Mais pourquoi ?

- Parce qu'il était beau et que je m'intéresse aux vampires, aux vrais, pas à ceux de Bram Stoker, à ceux de Lovecraft… Ni à ceux que tes parents ont combattus dans le monde de M.. »

Et il éclata de rire !

« Bon, mais ce n'est pas tout ! Nous devons rentrer. »

Dracula saisit le bras d'Alice, avec le même effet que s'ils étaient tous deux de chair et de sang et lui demanda de sortir sa pierre noire.

« Nous allons tous les deux regarder dedans et nous serons de retour à Innsmouth. J'ai déjà mentalement prévenu votre ami Garand que son assistance était inutile, mais il insiste visiblement pour rester sur ses gardes… Vous devez penser qu'il a raison… »

Alice, pressée de quitter ce « lieu », obtempéra et sortit la pierre noire de la boîte en or extraite de son sac à dos.

« Encore une chose Alice, je profite un peu de la situation : le peu de temps que je suis resté dans le corps d'Olmstead, j'ai eu le temps de scanner (comme vous dites, vous autres) toutes ses connaissances. Et dedans, il y a les quelques éléments qu'il a lus dans le registre de Curwen — ah ! ce brave Curwen ! — et j'ai relevé quelques pièces intéressantes à récupérer... Les fioles en plombs sont-elles toujours à l'endroit où je les ai vues dans l'esprit d'Olmstead ?

- Je ne sais pas, je n'ai pas à vous le dire. Vous interprétez ma passivité comme un état de faiblesse. En fait, mes pouvoirs sont considérables et je pourrais me dégager immédiatement, et vous laisser planté là !

- Vous dégager, sans doute, mais me laisser planté là est devenu impossible pour vous, malgré vos immenses pouvoirs, car je fais partie désormais de votre bulle d'espace-temps, et j'irai automatiquement où vous vous rendrez, en même temps que vous. Alors que dites-vous de ma demande ? Je suis intéressé de faire revenir certains personnages de votre collection de cendres magiques...

- Je dois de toute façon consulter mes amis, mais je vous dis, moi, que ce sera non ! Et ne croyez pas pouvoir nous obliger. À nous quatre (sans compter Bretagne) nous surpasserons de loin vos formidables capacités. Estimez-vous heureux de vous retrouver dans un nouveau corps grâce à nous. Notre avis sur vous n'est pas encore consistant. Mais je vous dirais que notre estime a baissé...

- Oh ! Ce n'est pas grave j'ai plusieurs siècles d'habitude sur ce point. J'ai affaire à forte partie, mais je ne suis pas si mauvais que vous pourriez le penser... Je suis... d'une autre nature. Je suis... complexe. Mais je pense sincèrement, et vous constaterez que je n'ai pas peur de vous le dire, vous avez raison de vous méfier...
- Mais pouvez-vous me dire ce que vous êtes venu faire ici ?
- Eh bien, vous connaissez ce lieu. Si vous êtes à Innsmouth, ce n'est pas pour rien. Moi j'ai les mêmes raisons d'y être que vous : être à l'abri des Mi-Go. Au lieu d'avoir la Terre entière comme zone d'expérience je n'ai plus que ce petit bled d'Innsmouth. Alors je suis monté là-haut pour négocier avec Nyarlathotep...
- Avec Nyarlathotep ????
- Oui, avec lui ! Vous savez, j'en sais plus que ce que j'ai bien voulu écrire dans le Necronomicon... Mais c'est réglé. Je lui ai réservé un couloir pour ses Mi-Go entre Titan et leur zone d'extraction minière. Ils ne pourront s'en écarter qu'avec mon autorisation, et si l'Homme noir me le demande.
- Et que lui avez-vous donné en échange ?
- Ça ne vous regarde pas.
- Bon, tant pis ! Après ces beaux discours, que fait-on ? On y va ?
- OK ! »

Abdul fit un petit geste et ils se retrouvèrent tous deux au fond du trou de la maison Waite à Innsmouth. Garand les attendait en haut à la surface...

« Mon Athanor m'avait prévenu de la situation là-haut. Je me tenais prêt ! » Admit-il dans un sourire affectueux.

Le sorcier et la jeune femme empruntèrent l'escalier pour rejoindre Garand à la surface.

Abdul prit congé en rappelant sa demande à Alice.

« On se reverra bientôt ! » Dit-il dans un grand geste de la main en partant.

Garand s'étonna :

« Que veut-il ? Où veut-en en venir ?
- Il s'intéresse aux flacons en plomb. Il a lu dans l'esprit d'Olmstead les pages du registre que celui-ci a consulté sans notre accord. Et il voudrait récupérer quelques personnalités enfermées sous forme pulvérulente dans ces flacons...
- Allons retrouver tes parents pour parler de tout cela. Mais qu'est-il allé faire là-haut ? »

Ils se dirigèrent vers la maison cachée dans les bois à proximité des ruines de l'usine de raffinerie de l'or des Marsh.

« Il est allé négocier avec Nyarlathotep...
- Avec Nyarlathotep ????
- Tu as la même réaction que moi ! Oui, mais il a réussi, et on est à l'abri des Mi-Go partout sur Terres sauf dans les zones de leurs extractions minières.

- Booon... C'est déjà ça de gagné... Et il a bien changé physiquement !
- Oui, il s'est confectionné un corps à son goût... »

Dès leur arrivée, ils rejoignirent Jean et Véro dans le salon pour une réunion de travail. Alice leur raconta.

Jean prit le premier la parole.

« Bon, nous voilà avec un mélange de solutions et de problèmes... Je crois que tout le monde est d'accord pour ne pas céder à sa demande. Il n'est pas question de lui offrir cette opportunité. Enfin... il aurait été intéressant de savoir à quels spécimens il s'intéresse... Mais on ne va pas commencer à négocier. Allons voir Howard, on va lui raconter. »

Ils se serrèrent donc dans la petite pièce de la cave dans laquelle ils étaient en train de faire installer une climatisation, où se trouvait ce qui restait de Lovecraft, son cerveau, enfermé dans une espèce de récipient réalisé par Ceux du dehors, récipient qui pouvait relier le cerveau de l'écrivain à des ordinateurs, des appareils divers, microphones, haut-parleurs, Internet, etc. H.P.L. prit la parole une fois qu'il eut écouté Alice lui expliquer la situation...

« Je connaissais le Necronomicon, mais je ne connaissais par son auteur. Cela dépasse tout ce qu'on pourrait prévoir à partir de mes écrits. Nous n'avons pas d'autre choix que d'attendre. Je suis sûr qu'il va trouver d'autres choses à faire. Pour lui le temps ne se déroule pas de la même manière que pour nous. Je vous signale qu'une personne est venue sonner à votre porte… Il a laissé un mot dans la boîte aux lettres. Votre installation de surveillance des moindres recoins de cette maison fonctionne parfaitement.

- Je vais voir. »

Garand revint rapidement tout en ouvrant une enveloppe pour en extraire une lettre.

Il la lut à haute voix.

Une journaliste ayant assisté aux événements de la nuit voudrait les rencontrer…

« Mais d'où elle sort celle-là ? » S'exclama Véronique.

« Nous verrons plus tard. En attendant, il nous faut surveiller le sorcier. » S'exclama Garand. Je vais aller l'espionner et le suivre pour savoir de quoi il retourne. Je prends la voiture, si vous en avez besoin, vous en louerez une. Nous ne devons pas baisser la garde. Ce personnage a des pouvoirs. Je pense qu'à nous quatre nous en rassemblons bien au-dessus de la capacité des siens. Mais quand même. Qu'en pensez-vous ? »

Tout le monde acquiesça.

Le vampire de Benefit Street

Abdul Alhazred se rendit à la station de bus, suivi de loin par Garand qui avait mis en place les écrans nécessaires pour empêcher le sorcier de le détecter. Ce dernier voulait aller à Providence. Plus exactement à une adresse très précise sur Benefit Street.

Le chauffeur du bus était toujours ce Jo Sargent ; le sorcier s'installa et ouvrit le livre qui contenait la nouvelle de Lovecraft « La Maison maudite ».

Lovecraft avait situé cette maison dans cette rue. Dans sa nouvelle, l'écrivain raconte une sale affaire « qui a touché la vieille ville de Providence où, vers la fin des années 1840, Edgar Allan Poe séjournait souvent alors qu'il faisait vainement la cour à l'excellente poétesse, Mme Whitman. »[22] Et il avait ajouté : « Au cours de cette promenade maintes fois répétée, le maître mondial de l'horreur et de l'insolite était obligé de passer devant une certaine maison située du côté est de la rue ; une vieille bâtisse miteuse accrochée à la pente abrupte de la colline. » Voilà ce qu'Alhazred partait chercher à Providence, sur Benefit Street, la maison maudite, parce que cette maison accueillait une créature qui intéressait le sorcier. Une espèce de vampire à la fois psychique et physique. Cette maison a été effectivement bâtie sur un cimetière. Cela lui fit penser que le film

---

[22] « La Maison maudite » 1924

Poltergeist (1982) de Tobe Hooper pouvait être inspiré de cette nouvelle d'H.P.L. Au départ, avant la construction, il « s'agissait du contrat de bail d'un petit lopin de terre cédé à un certain Étienne Roulet et à son épouse. » C'était au dix-septième siècle...

« À l'emplacement actuel de la maison maudite, derrière un bâtiment de plain-pied avec grenier, s'était trouvé le cimetière des Roulet ; de plus, il n'existait aucune trace d'un quelconque transfert de tombes. »   Ah ah ! Voilà qui était intéressant. D'autant plus que le narrateur de cette nouvelle avait lu « un article effrayant traitant d'un certain Jacques Roulet, de Caude, qui, en 1598, fut condamné à mort pour diablerie, puis sauvé du bûcher par le parlement de Paris, qui le fit enfermer à l'asile. On l'avait découvert dans les bois, couvert de sang et de lambeaux de chair, peu après qu'un enfant avait été tué et taillé en pièces par deux loups. » Et, plus loin de raconter : « L'émeute des années 1730 n'avait-elle pas mis en branle certaines forces cinétiques dans le cerveau morbide d'un membre de la famille (en particulier du sinistre Paul Roulet), voire de plusieurs ? Le cerveau en question aurait alors pu survivre au meurtre et à l'inhumation du ou des corps par la foule pour continuer de fonctionner dans quelque espace multidimensionnel, suivant la direction déterminée par la haine frénétique d'une communauté envahissante. (...) Cela n'était certainement pas impossible du point de vue physique ou biochimique, à la lumière de la science nouvelle, fondée sur les théories de la relativité et de l'activité intra-atomique. » Vue l'évolution de la topographie des lieux, la cave de cette maison se trouva au même niveau que la nouvelle rue. Un mur fut édifié avec une porte et deux fenêtres qui donnaient donc sur la voie publique, ce qui permettait d'accéder à la cave par l'extérieur sans entrer dans la maison. Alhazred lisait la nouvelle de Lovecraft pendant le voyage. Ce vampire français, réfugié en Amérique après la révocation de l'édit de Nantes a sévi longtemps au prix de nombreux et étranges décès. Le narrateur a fini par veiller dans la cave, une nuit, avec un compagnon pour tenter de voir le vampire français. Mal leur en a pris, car le compagnon fut tué par le monstre de manière assez atroce. La terrible créature séjournait dans le sous-sol de la cave dans la terre.

« Je vis — ou crus voir —, parmi les dépôts blanchâtres, une version particulièrement nette du "corps recroquevillé" entraperçu dans mon enfance. Sa netteté était étonnante, sans précédent... et alors même que je la contemplais, j'eus l'impression de revoir la légère exhalaison jaunâtre et chatoyante qui m'avait tant surpris, par un après-midi pluvieux, des années auparavant. » (...) « Refusant de m'enfuir, je regardai l'exhalaison s'évanouir ; et ce faisant, je remarquai qu'elle m'observait avec avidité de ses yeux plus imaginables que visibles. » Et il poursuivit, décrivant le repas du vampire : « Mon oncle, qui haletait et remuait de plus belle, et dont les yeux s'étaient brusquement ouverts en grand, n'était plus un, mais plusieurs ;

curieusement, il semblait comme étranger à lui-même. (…) »

« De la terre infestée de champignons s'élevait, telles des volutes de vapeur, une lumière cadavérique d'un jaune morbide, dont la silhouette vague, qui bouillonnait et clapotait, était mi-humaine, mi-monstrueuse, et à travers laquelle je distinguais l'âtre. Elle était toute en yeux — des yeux de loup, moqueurs — et sa tête rugueuse d'insecte se dissolvait au sommet en une fine volute de brume qui décrivait d'écœurants méandres avant d'aller disparaître dans le conduit de cheminée. (…) »

« Le corps de mon oncle avait entamé un repoussant processus de liquéfaction dont la nature échappe à toute description, et au cours duquel son visage en décomposition subit des changements d'identité que seul un esprit dément pourrait concevoir. Il était à la fois démon et multitude, charnier et cortège. Éclairée par le mélange de couleurs vagues, la figure gélatineuse prit une dizaine, une vingtaine, une centaine d'apparences, tout s'enfonçant vers le sol sur ce corps qui fondait comme du suif, un rictus sur cette caricature de légions étranges et cependant familières. (…) ».

« Je reconnus les traits des Harris, hommes et femmes, adultes et enfants, et d'autres, jeunes ou vieux, grossiers ou raffinés, familiers ou inconnus. » Les Le nom Harris désignait les victimes du monstre dans le passé… Le narrateur s'enfuit, terrifié, puis, poussé par le remords revint dans la sinistre cave, où était encore entreposé son matériel dont il devait faire usage pour tuer le vampire. Il creusa la terre battue de la cave et finit par atteindre le « corps » du vampire qu'il décrivit ainsi : « La matière que je découvris était lisse et visqueuse, comme de la gélatine à moitié pourrie et vaguement translucide. (...) La section visible était énorme et à peu près cylindrique, sorte de tuyau de poêle mou d'un blanc bleuâtre et replié sur lui-même. À l'endroit le plus large, la chose avait un diamètre d'environ soixante centimètres. »

Tout cela s'était déroulé le mercredi 25 juin 1919.

À ce moment-là, le narrateur déversa les bombonnes d'acide sulfurique qu'il avait disposées autour du trou qu'il avait creusé. Le tueur de vampires se croyait débarrassé de la bête. Effectivement, ils n'entendirent plus parler de lui. Mais Alhazred connaissait bien ces créatures, qui vivaient à cheval sur deux espace-temps, comme l'avait envisagé Lovecraft. Le vampire s'était glissé dans un autre espace-temps et attendait pour revenir. Où il se trouvait, le temps s'écoulait bien plus vite. Alhazred connaissait le protocole pour faire revenir cette créature et avait les moyens d'en faire son esclave...

Mais il lui fallait aussi une prison pour maintenir ce monstre captif. Pour cela il lui fallait la « machine électrique » de Crawford Tillinghast.[23] Ce savant fou avait détecté que nous, humains, avions dans notre corps des organes permettant d'appréhender le monde de manière plus efficace que nos cinq pauvres sens. Ce en quoi, Alhazred était parfaitement persuadé. Ainsi,

---

[23] « De l'au-delà » 1920

avait écrit Lovecraft, « la machine que vous voyez à côté de la table émettra des ondes qui agiront sur des organes sensoriels oubliés dont nous portons toujours en nous les vestiges rudimentaires ou atrophiés. » Eh bien le grand sorcier qui habite le corps du pauvre Adolphe, avait bien besoin de cette machine pour que ce dernier puisse mettre en route ses sens cachés... Celui qui l'habitait en profiterait, c'était sûr. Cette machine émet une lumière violette. « Vous pensiez l'ultraviolet invisible, et il l'est... mais maintenant, vous le voyez, de même que bien d'autres choses invisibles. Écoutez-moi ! Les ondes de ce dispositif sont en train de réveiller chez nous un millier de sens endormis ; des sens légués par des millions d'années à évoluer de l'état d'électrons à celui d'organismes humains. » Ce Tillinghast habitait à Providence. Il serait possible de retrouver le grenier où il fit ses expériences. Le sorcier savait que ces endroits maudits, ou terriblement maléfiques éloignaient les gens et les changements ne les atteignaient jamais. Mais il devait se méfier, cela pourrait être dangereux pour son nouveau corps. En effet, les domestiques du savant fou en ont faire l'horrible expérience. Alors qu'il était dans le grenier pour faire fonctionner sa machine, la gouvernante a allumé les lumières en bas. Cela a créé un courant électrique qui a capté les « ondes correspondant aux leurs ». Les cris des victimes furent épouvantables et Tillinghats a retrouvé les vêtements vides « aux quatre coins de la maison. » Le narrateur de la nouvelle raconte qu'il a tiré une balle de revolver dans la machine. Celle-ci ne serait donc plus en état de marche ? Ou, peut-être, seulement un ou quelques-uns de ses composants ont été détruits par la balle de l'arme à feu ? Cela valait la peine de vérifier...

Le bus le laissa à un arrêt non loin de Benefit Street à Providence. L'arrêt se trouvait au niveau du pont qui traverse la Providence River et débouche dans le centre-ville, et il faut poursuivre vers l'ouest, passer sous la route 95 pour pénétrer dans le quartier de Federal Hill. On peut joindre 352 avenue Atwells où se trouve le reste de l'église catholique romaine St John (1871), personnage principal de la nouvelle de Lovecraft écrite en hommage à Robert Bloch, *Celui qui hantait les ténèbres*[24], démolie le 4 février 1992. Voici comment Lovecraft avait décrit cette église maléfique : « De tous les objets lointains de Federal Hill, une certaine immense église sombre fascine Blake. Elle se distingue avec une netteté particulière à certaines heures de la journée, et au coucher du soleil, la grande tour et le clocher effilé se dressaient sur le ciel en flammes et semblaient se poser sur un sol particulièrement élevé ; son enchevêtrement de colonnes et de cheminées, étrangement sombre et austère, paraissait être construit en pierre, teinté et patiné par la fumée et les tempêtes d'un siècle et plus. C'était la première forme expérimentale de renaissance gothique qui a précédé la période majestueuse de

---

[24] 1935. Ce titre est du traducteur Claude Gilbert, le titre original étant « The Haunter of the Dark »

Upjohn et qui a conservé certains des contours et des proportions de l'époque géorgienne. »

Dans l'autre sens, vers l'est, à partir de l'arrêt de bus de Benefit Street, on peut atteindre le lieu de l'adresse de naissance de Lovecraft, 194 Angell Street, en bordure de l'actuel complexe sportif.

Bien que très instruit de la biographie et de l'œuvre de Lovecraft, Alhazred s'intéressait plutôt à la « maison maudite ». Auparavant, il se concentra par un profond retour en lui-même, une pénétration dans le passé grâce aux chemins de l'espace-temps qu'il connaissait, pour détecter le lieu du grenier où Tillinghats avait créé sa machine. Cela ne lui demanda pas un grand effort. S'y rendre par la pensée ne fut pas non plus insurmontable. Le vieux grenier n'existait plus, il avait été remplacé par un immeuble. Ce n'était pas loin, à peine trente minutes à pied. Une fois dans l'immeuble, il déploya ses antennes virtuelles (enfin, pas tant virtuelles que ça, il faudrait peut-être dire numérique, mais y a-t-il un vocabulaire pour définir toutes ces choses bizarres ?). Après quelques minutes de concentration, il repéra la machine qu'il rematérialisa devant lui, dans le hall de l'immeuble. Mais à peine arrivée elle se dématérialisa aussitôt ! Le sorcier la suivit instantanément et tomba sur un os : il se trouva face à un vieil homme, ou plutôt un homme diminué qui lui bouchait le passage. C'était C. Tillinghast ! Ou du moins son fantôme.

« Tillinghast ! Laisse-moi, passer et prendre ta machine. Je lui trouverai une grande utilité au lieu de la laisser gâcher ses dons dans cet entre-deux où tu la maintiens. Tu es mort, tu n'as pas de pouvoir, tu es juste un bon physicien.

- Non ! Elle est à moi.
- Oui, mais n'insiste pas trop, car je vais t'envoyer au-delà de l'espace-temps d'où tu ne pourras plus jamais revenir alors que je te propose de venir avec moi, de faire partie de mon équipe...
- Je suis tenté, car je suis fatigué, exténué par un siècle de garde de ma machine. Et que ferai-je avec toi ?
- Conquérir le monde ! Je tente de le faire depuis des siècles, mais la conjonction des astres n'est jamais bonne quand je suis disposé à le faire. Cette fois j'ai réussi à exister matériellement. C'est nécessaire pour exercer mes activités occultes sur le monde qui m'accueille. Je veux changer la matière, il faut que je sois matière moi-même. Je vais te trouver un corps, un très beau corps dans lequel je vais t'incruster si tu es d'accord... Et tu resteras ainsi propriétaire de ta machine »

Tillinghast resta un moment silencieux. Un moment de trop. Alhazred le translata dans le corps d'une jeune femme qui conduisait une voiture non loin de là, s'empara de la machine et la ramena dans le hall de l'immeuble.

Personne n'était présent, mais il lui fallait aller vite. Immédiatement il sortit la machine sur le trottoir et fit du stop. La jolie fille, déjà dominée par la translation de Tillinghast dans son corps et séduite par ce joli garçon qui la quémandait, s'arrêta avec sa grosse voiture et ils parvinrent à installer l'engin dans le coffre sans pouvoir le refermer.

Alhazred ne manqua pas de remarquer le regard éperdu de la femme, et il pensa aux rapports sexuels qu'il aurait avec elle. Ce serait coton !

La machine avait la taille d'une cuisinière. On pouvait la comparer à l'Athanor de Garand, qui n'était pas très loin et avait repéré la scène. Il avait effectivement reconnu la machine ! Les deux, la sienne et celle-là permettaient de se rendre dans l'au-delà... Cela ne pouvait pas être une coïncidence !

Ils se retrouvèrent tous sur Benefit Street devant l'endroit où se tenait, il y avait presque un siècle, la maison maudite : Alhazred, la jolie fille complètement subjuguée par ce dernier, et, plus loin, faisant le guet, Garand. Alhazred connaissait, bien sûr la sexualité, qu'il avait pratiquée dans toutes ses vies, ou du moins, ce furent les corps qu'il habitait qui avaient des rapports sexuels, que ce soit un corps d'homme ou un corps de femme. Mais cette énergie, qui avait un lien avec Shub-Niggurath, agissait directement sur lui, et l'attirance de cette femme avait déclenché chez lui une érection à son corps défendant. Il saisit la jeune femme par la taille et l'embrassa fougueusement sur la bouche. Non seulement la femme accepta le baiser, mais elle le lui rendit au centuple. Ce fut flamboyant ! Mais ils ne purent pas aller plus loin, car le sorcier était là pour un autre but ; il reviendrait à la femme plus tard, d'autant plus qu'il en avait fait, avec ce baiser, sa compagne, son esclave, même sans l'avoir voulu, comme cela, parce que c'était lui avec ses pouvoirs… Garand, qui avait espionné la scène, comprit la situation, pour l'avoir pratiquée lui-même dans nombre de ses autres vies quand il était la marionnette de Nyarlathotep.

Cette fois, il avait l'avantage, il savait comment recruter ce *Chaos rampant* pour parvenir à ses fins. Pendant son voyage entre Innsmouth et Providence, et suite aux « négociations » avec lui sur Titan, il avait sollicité Celui qui apparaissait aux sorcières pour leur donner leurs pouvoirs, et quand il le faisait, il aimait cela, il le faisait presque malgré lui, comme quand les hommes et les femmes ont un orgasme. L'Homme Noir se tenait donc désormais à côté du sorcier et lui apportait toute son énergie pour retrouver et embarquer le vampire enterré si profondément dans le sol.

Alhazred avait mis un autre atout de son côté, en sollicitant les pouvoirs de Shub-Niggurath, le Bouc aux mille chevreaux, que certains appellent la Chèvre aux mille chevreaux, car ils croient naïvement que chez les dieux, le sexe est différencié comme ici. Non, Shub-Niggurath est enrôlé par l'énergie sexuelle et le sorcier avait désiré avec force la jeune femme qu'il avait faite prisonnière. Et celle-ci lui avait rendu son violent désir. Shub-Niggurath n'a aucun sexe, les dieux n'ont pas de sexe, ils sont des dieux ! Un point c'est tout.

Tout était mis en place : le sorcier avait ses assistants, et pas des moindres, alors il mit la machine en marche. D'un geste précis il ouvrit une porte, y plongea la main et resta ainsi, penché sur l'Athanor à réfléchir ou à psalmodier quelque formule. Cela n'avait pas le même effet qu'avec l'Athanor de Garand qui disparaissait avec son pilote quand il le manipulait. Une autre machine pour créer d'autres effets. Les gens qui passaient semblaient ne pas les voir, ils ne regardaient pas, ils n'étaient pas curieux. Alhazred avait fermé leur regard et ils voyaient tout, la rue, les immeubles, mais ni le sorcier, ni sa machine, ni la belle femme qui allait faire l'objet, dans les jours qui suivraient, d'un avis de recherche.

Le sorcier repéra le vampire dans un monde parallèle ; il devait s'y rendre pour le ramener, et donc disparaître de Benefit Street un très court laps de temps, même si là-bas, cela durait longtemps. La jeune femme fut informée par la pensée, mais ce n'était pas ce qu'elle ressentait, elle croyait que c'était elle qui pensait, et personne d'autre ; Alhazred lui donnait ainsi de cette manière l'ordre de ne pas s'étonner. Il se retrouva dans un entre-deux mondes, ni dans l'un (le nôtre) ni dans l'autre (celui du vampire). Ce dernier « flottait » entre l'espace et le temps et il était donc vulnérable et sans défense. C'était un monstre ignoble de très grande taille, un géant, mais dans les proportions d'un homme puissant et fort. Son « corps » prenait la forme de toutes ses victimes, car il s'était nourri de leur sang. Pour elles, c'était pire que la mort, car elles vivaient dans l'esprit et le corps du monstre, elles en faisaient partie intégrante, mais en fait, c'était comme si elles étaient devenues vampires. Cela, Alhazred le savait : c'était ainsi que la légende des vampires s'était répandue : le monstre faisait de ses victimes des compagnes et des compagnons ; mais c'était pire encore, ils étaient plus que compagnes et compagnons, mais le vampire lui-même ! C'est cet être légendaire, fabuleusement puissant que le sorcier voulait dominer. Il savait qu'il prenait un risque, mais il avait confiance en sa propre puissance. Le visage du vampire était flou. Mais Alhazred alla pêcher dans l'esprit endormi de son hôte Adolphe, une description, celle qu'a donnée Jonathan Harker du comte Dracula dans le roman de Bram Stoker titré de ce nom du vampire : « Il avait le visage fortement — très fortement — aquilin, avec un nez fin dont l'arête était très proéminente et des narines curieusement arquées, un front haut et bombé et des cheveux clairsemés sur les tempes, mais abondants ailleurs. Ses sourcils étaient fort massifs ; ils se rejoignaient presque au-dessus du nez et leurs poils en broussailles semblaient boucler sous l'effet de leur profusion. La bouche, pour autant que je la visse sous la lourde moustache, était figée et d'allure plutôt cruelle ; elle était garnie de dents blanches particulièrement acérées qui saillaient par-dessus des lèvres dont l'incarnat remarquable attestait une vitalité stupéfiante chez un homme de son âge. Pour le reste, il avait des oreilles pâles, au sommet extrêmement pointu ; le menton était large et fort et les joues fermes, bien que peu épaisses. L'ensemble produisait un effet de pâleur extraordinaire... »

Nous voilà bien loin des visages des interprètes des films de Dracula, dont les plus connus furent, d'abord Max Schreck dans le *Nosferatu* de Murnau (dans son remake *Nosferatu fantôme de la nuit* de Werner Herzog, c'est Klaus Kinski qui joue le rôle du vampire) puis Bela Lugosi dans le *Dracula* de Tod Browning, Christopher Lee (Peter Cushing dans le rôle de Van Helsing) dans les *Dracula* de la Hammer, jusqu'au *Dracula* de Francis Ford Coppola, superbement joué par Gary Oldman, maquillé pour ressembler le plus possible à la description ci-dessus, etc. Et il y en a eu beaucoup ! Un film a même été tourné dans lequel on raconte que l'acteur de *Nosferatu* (Max Schreck) était, en fait, un vrai vampire ! Voici ce que Dracula a déclaré à Jonathan Harker, alors que ce dernier était prisonnier du vampire : « Nous autres Szeklers pouvons être légitimement fiers, car dans nos veines coule le sang de maintes races courageuses qui ont combattu comme combat le lion : pour la domination ; (…) qui donc, sinon un homme de ma race, en tant que voïvode traversa le Danube pour défaire le Turc sur son propre terrain ? Ce fut bel et bien un Dracula ! »[25]

Tout cela, et bien d'autres choses encore, Alhazred le reçut en cadeau par le lien que le

---

[25] Extrait tiré de l'édition Gallimard (bibliothèque de la Pléiade) 2019 – traduction Alain Morvan.

vampire avait tissé avec lui, alors qu'il croyait que cela lui venait de l'esprit du corps qu'il dominait. L'Arabe (qui n'était pas du tout dément !) ne s'était même pas rendu compte que ces idées fulgurantes lui avaient été transmises par le vampire, d'autant plus que le vampire était bien dominé par lui, mais cela ne paralysait pas toutes ses capacités. Le flux d'énergie se rassembla sous les directives du sorcier qui fit un simple pas pour se trouver aux côtés du monstre qu'il enroba dans le flux d'énergie des trois entités rassemblées et il retourna à côté de la machine dans laquelle il se libéra de son fardeau composé de nombres binaires et de l'énergie du vide, et qui constituait tout de même le vampire, descendant de Dracula lui-même. Le monstre se trouva enfermé dans la machine, sourd et muet, mais vivant, d'une certaine manière, en tous les cas pas de la nôtre, celle de notre monde.

Tout cela avait duré... Il fallait du temps pour réaliser ces choses extraordinaires. Mais nous savons depuis 1905, grâce à un dénommé Albert Einstein, que le temps ne se déroule pas de la même manière selon qu'on est ici ou ailleurs et nous savons aussi que le temps ralentit quand on va plus vite et devient nul à la vitesse de la lumière.

À l'extérieur de ce champ constitué par le lien entre le sorcier et sa proie, le temps était passé très vite. Une fraction de seconde se déroula aux yeux de Garand quand, de sa voiture garée non loin de là, il vit pendant cet extrêmement court laps de temps, la silhouette d'Alhazred vaciller brutalement... Et une fumée noire s'échappa du site en sifflant et le défilé d'une flopée d'images sexuelles, comme dans un film qui se déroule à toute vitesse, traversa son cerveau, longtemps entraîné à ce genre de phénomène. Si ce n'avait pas été le cas, il n'aurait pas résisté et serait mort sur le coup d'un arrêt du cœur dû à un orgasme ultraviolet. Garand avait compris et tenta de savoir où le sorcier allait se réfugier.

Le couple, constitué du beau jeune homme et de la belle jeune femme, monta dans la voiture et démarra en trombe, le coffre arrière ouvert avec la lourde machine posée sur son plancher. C'était elle qui conduisait, elle n'avait pas eu d'instruction, alors elle se rendait chez elle.

La jeune femme habitait seule dans un bel immeuble et se gara dans le parking souterrain. Alhazred sortit la machine du coffre et suivit la femme. Elle habitait au neuvième étage, dans un bel appartement. Le sorcier ne pouvait rêver mieux. Une fois rentrés, la femme ferma la porte à clef et s'approcha d'Alhazred qui la prit dans ses bras et lui dit : « Finissons ce que nous avons seulement commencé. » Leur baiser fut encore plus brûlant que la première fois pourtant très récente. Puis ils firent l'amour, accouplés contre le mur de la pièce, avec fébrilité, dans une grande excitation. Après un intense et multiple plaisir, quand ce fut terminé, il la tenait encore par la taille et la posa doucement sur le sol, car elle s'était évanouie de plaisir.

Pendant ce temps, Garand attendait dans sa voiture. L'homme surdoué de pouvoirs avait ressenti de loin les sautes d'énergies orgasmiques qui provenaient du neuvième étage de l'immeuble. Cela l'avait excité, et, sans doute, serait-il contraint de payer une prostituée, il n'était pas question qu'il tentât de séduire Véronique, elle avait assez donné et, depuis, elle était avec Jean... Shub-Niggurath était passé par là. Du coup, cela lui fit penser qu'il devait les tenir au courant. Il sortit son téléphone de sa poche et appela Alice. C'était sa fille, ou peut-être partageait-il cette paternité avec Jean, mais c'était sa fille, donc il n'y aurait aucune ambiguïté entre eux ! Elle le savait.

« Allô Alice.

    -    Oui ! Salut Garand ! »

Cela le contrariait, il n'avait pas de prénom, et elle ne pouvait pas l'appeler « papa » vu que c'était comme cela qu'elle appelait Jean... Mais tant pis, c'était comme ça...

« Oui... Je viens aux nouvelles. Le sorcier est allé récupérer la machine de Tillinghast, et ensuite, avec cette machine, il s'est rendu sur Benefit Street pour embarquer le vampire de la Maison maudite... Son corps a encore changé, il est passé, à l'origine, de petit noirot à grand blond séduisant actuellement. Visiblement l'Abdul aime plaire... Heureusement qu'il m'est détectable à grande distance, car, sinon, je m'y perdrais.

    -    La Maison maudite, je vois... Mais Tillinghast, je ne vois pas...

    -    Tu demanderas à Howard...

- Et donc, le vampire de la Maison maudite n'était pas mort ?
- Non, il en restait quelque chose. Ce ne sont pas quelques litres d'acide qui peuvent détruire une si vaste créature, vaste et concentrée...
- Et là où est le sorcier ?
- Il a mis en esclavage une jeune femme...
- Et tu n'es pas intervenu ?
- Et que veux-tu que je fasse ? Il n'était pas seul pour toutes ces opérations. J'ai senti la présence de Nyarlathotep et de Shub-Niggurath, pas moins. Tu te rends compte ? Tous les quatre on aurait pu, mais moi tout seul...
- Oui, bon, et là maintenant où est-il ?
- Je suis garé en bas de l'immeuble de la femme (très jolie en passant), où ils se sont réfugiés avec la machine et j'attends vos instructions. La machine contient le monstre, telle une gigantesque clé USB contenant un énorme logiciel, le vampire est là, il faut bien soupeser notre éventuelle intervention pour ne pas faire de dégâts, cette créature dans la nature sera difficile à exorciser... Il faudrait comprendre où veut en venir Alhazred. Et vous, vous avez rencontré la journaliste ?
- Oui. C'est l'une des nôtres.
- L'une des nôtres ?
- Oui, je t'expliquerai. (Elle rit) Que fait-on ? Tu maintiens la surveillance et nous

on discute et on te fait part de nos con-
clusions ou tu viens ?
- Je ne sais pas… J'aimerais bien venir,
mais si l'autre disparaît dans la nature…
- Mon père va demander à Bretagne de le
surveiller. Il doit bien y avoir un miroir
dans cet appartement[26].
- Ah ! Bonne idée ! Je suis tellement bous-
culé que je n'y avais pas pensé… Essayez
et j'attends votre appel. »

Son attente dura une heure. La nuit était tombée. Il ne savait pas quelles étaient les fenêtres
de l'appartement qu'il devait surveillait, et
même pas si elles donnaient sur la rue. Mais il
valait mieux qu'il reste sur ses gardes ; de là où
il s'était positionné, il avait vue sur l'entrée de
l'immeuble et la sortie du parking souterrain.

Son téléphone sonna près de deux heures
après le coup de fil avec Alice.

« On a réussi à joindre Bretagne. Elle n'est pas
facile la garce…
- Du calme, pèse tes mots, on en a be-
soin…
- Oui… C'est bon elle surveille le sorcier.
Tu peux venir. Elle va le suivre partout
où il ira pour peu qu'il y ait des miroirs…
- OK j'arrive dans une heure. »

Garand n'était pas mécontent de quitter ces
lieux. Bien qu'il aimât la solitude, cette fois, il
était un peu terrifié car cet Alhazred était terrifiant. Direction : Innsmouth !

---

[26] Voir dans les épisodes précédents comment Bretagne voyage
dans les miroirs…

Plan de bataille

Toute l'équipe était réunie à Innsmouth, au petit-déjeuner, après une courte nuit de sommeil agité.

Alice informa Garand que la journaliste était Bretagne. Ce dernier fut stupéfait : « Et comment est-ce possible ? Je ne l'ai pas remarquée... Je suis impardonnable !

- Ne t'inquiète pas, rigola Alice, elle ne t'en veut pas... Il faut dire qu'elle était bien grimée et ses vêtements étaient vraiment masculins...
- Et c'est quoi alors ce message qu'elle a laissé dans notre boîte aux lettres ?
- Un test. Elle t'avait vu, mais elle ne fait confiance à personne. Donc elle a voulu vérifier avant de se montrer.
- Ah OK ! Je comprends, deux précautions valent mieux qu'une. Et là elle est où ?
- Dans les reflets des miroirs. Elle suit Alhazred.
- Vous avez des nouvelles ?
- Oui, il n'a pas bougé de l'appartement de la fille à Providence. »

Chacun but sa gorgée de café ou tartina son pain de mie (la baguette de pain faisait cruellement défaut) ou mordait dans ces espèces de gâteaux en forme de bouée... Ils faisaient ce qu'ils pouvaient avec ce qu'ils avaient.

Alice reprit la parole.

« Selon moi se sale sorcier va utiliser le vampire contre nous. Je ne sais pas comment il va s'y prendre. Si jamais il apprend où sont stockés les pichets de Phalères, nous sommes morts. Là on reste en vie parce qu'il ne peut pas nous extorquer cette information.

- Mais pourquoi donc es-tu allée le chercher sur Titan ? Demanda Jean
- Eh bien, je voulais surtout savoir ce qu'il y est allé faire. D'ailleurs, j'ai bien vu, quand nous sommes revenus qu'il n'avait pas besoin de moi pour cela. Je crois qu'il voulait que je voie qu'il avait négocié avec Nyarlathotep. Il sait que Garand fut longtemps le messager de ce Chaos rampant, comme le désigne Lovecraft. C'est une espèce de pression sur Garand, indirectement...
- Oui, répondit ce dernier, je crois que tu as raison. Mais cela ne m'impressionne pas. La rupture avec l'Homme Noir est irréversible.
- Je n'en doute pas... »

Le petit déjeuner consommé, ils descendirent dans la cave, dans la petite cellule qui hébergeait Lovecraft transformé par les Mi-Go en une espèce de robocop... Ils devaient être au complet pour échafauder leur plan de bataille.

C'est à ce moment-là que Bretagne se manifesta. Jean avait pris la précaution de placer un miroir dans chaque pièce, pour éviter de ne pas réceptionner un appel de Bretagne.

« Attention, ils viennent de déjeuner et s'en vont ! Dit-elle.

- Connais-tu leur destination ? répondit Jean
- Non. Ils n'en ont pas parlé. Lui ne dit jamais rien à la fille sauf à lui donner des ordres ; elle lui obéit comme un automate. Je crois qu'il faut se méfier, tout cela est très risqué...
- Peux-tu les déceler s'ils s'arrêtent quelque part ?
- Je ne sais même pas s'ils sont partis en voiture. Je pense que oui, car il a demandé à la fille de prendre son sac et ses papiers et de l'argent.
- OK, OK
- Je vais consulter mes miroirs carrefour pour tenter de savoir où ils sont... Peut-être les dinners sur plusieurs cercles concentriques autour de Providence... Je vous contacte quand j'ai quelque chose. »

Jean posa une question à Véronique : « Tu lui as demandé ce qu'elle est venue faire ici ?
- Évidemment ! Elle est dans les miroirs je te rappelle. Peu de choses lui échappent. Elle était déjà venue à Innsmouth quand nous sommes arrivés. Elle ne nous a pas perdus de vue et elle est sympa. Vu l'énorme affaire que nous avons à traiter, elle se propose pour donner un coup de main... Je pense que le sorcier et sa servante vont encore aller chercher quelque monstre lovecraftien... Il va continuer ce qu'il a commencé avec le vampire... On

va demander à Howard ce qu'il en pense... Qu'en penses-tu Howard ?

    - Je pense que tu as raison ! Si quelqu'un m'informe d'une manière ou d'une autre de la destination de ce couple maudit, je pourrai lui dire de quoi il retourne... »

C'est à ce moment-là que Bretagne intervint de nouveau : « Je sais où ils vont : dans les montagnes Castkills. Il y a un hôpital psychiatrique là-bas ?

    - Je ne sais pas s'il existe toujours, cela c'était il y a un siècle ! Mais je sais ce qu'ils vont chercher : la sépulture de Joe Slater...

    - Ah ! Raconte-nous... »

Voici ce que raconta H.P.L. : ce Joe Slater était un homme handicapé mental qui avait le don d'être en lien avec « une entité qui est ce que l'on devient en dormant. » Parce que, affirme Lovecraft, par l'intermédiaire de son narrateur de la nouvelle *Par-delà le mur du sommeil* : « Si la plupart de nos visions nocturnes ne sont sans doute que de simples reflets, vagues et fantastiques, de nos expériences éveillées – contrairement à ce qu'avance Freud avec son symbolisme puéril –, le caractère extraordinaire et impalpable d'un certain nombre d'entre elles ne permet aucune interprétation classique. » (...)

« Si l'on en croit les archives, il s'appelait Joe Slater, ou Slaader. Physiquement, il avait tout de l'habitant de la région des Catskills, cet étrange et repoussant rejeton des paysans

coloniaux primitifs qui, au fil de près de trois
siècles d'isolement dans le fin fond vallonné de
leur campagne déserte, ont dégénéré vers un
état proche de la barbarie au lieu d'évoluer
comme leurs frères citadins, mieux placés dans
des régions densément peuplées. »
« Oups ! Dis-donc Howard, pas sympa ce que
tu as écrit là ! s'écria Alice
- Oui, j'étais raciste à l'époque... Comme
presque tout le monde des Blancs des
USA de cette période... »
« Apparemment, avec l'âge, les crises de démence matutinales de Slater avaient gagné en
fréquence et en violence ; jusqu'à ce qu'enfin,
environ un mois avant son arrivée dans notre
institution, se produise l'effroyable tragédie qui
lui valut d'être arrêté par les autorités. »
En effet, on l'a retrouvé un jour, les mains en-
sanglantées après qu'il eut massacré un pauvre
homme réduit en charpie. Il fut donc interné.
« Dans ses délires, il était souvent question de
˝voler dans l'espace˝ et de ˝brûler˝ tout ce qui
lui faisait obstacle. »
Le narrateur travaillait dans cet asile. Il avait
inventé un appareil pour communiquer avec le
cerveau de Slater lorsqu'il dormait. Et cela a
marché ! Cet homme a pu communiquer avec
cette entité du sommeil, ce que nous devenons
quand nous franchissons le mur du sommeil...
Cela s'est passé le 21 février 1901.
« Je suis une entité semblable à celle en laquelle vous vous transformez vous-même dans
la liberté d'un sommeil sans rêves. Je suis votre
frère de lumière, et je flotte avec vous dans les

vallées radieuses. Il ne m'est pas permis de parler de votre nature véritable à votre moi terrestre éveillé, mais tous nous parcourons de vastes espaces et voyageons dans de nombreuses époques. Vous et moi avons dérivé jusque dans les mondes qui tournent autour de la rouge Arcturus, et avons occupé les corps des insectes philosophes qui arpentent fièrement le sol de la quatrième lune[27] de Jupiter. » (...)

« Sur l'oppresseur, je ne puis rien vous dire. Vous autres Terriens ressentez sa lointaine présence sans en avoir conscience ; dans votre ignorance, vous avez négligemment donné le nom d'Algol, l'Étoile du démon, au signal intermittent. Voici une éternité que j'essaie en vain de rencontrer et de vaincre l'oppresseur, retenu que je suis par les contraintes du corps. Cette nuit je m'envole telle Némésis, porteur d'une juste vengeance flamboyante et cataclysmique. Vous me verrez dans le ciel, près de l'Étoile du démon. »

Garand demanda des explications : « Mais c'est quoi cet oppresseur ?

- Je ne sais pas. Seul Joe Slater était capable d'accueillir cette entité, et il est mort. Sans doute qu'Alhazred espère récupérer cette capacité dans les restes de cet homme qui est mort depuis 119 années... Il lui faudra de grands pouvoirs pour réussir.

- Mais il les a ! assura Véronique. »

---

[27] Callisto

Et la nouvelle se termine avec ces mots : « Le 22 février 1901, le docteur Anderson d'Édimbourg a découvert une nouvelle étoile merveilleuse non loin d'Algol. Jusque-là, aucun astre n'était visible à cet endroit. En l'espace de vingt-quatre heures, l'inconnue était devenue si brillante qu'elle dépassait Capella en luminosité. En une ou deux semaines, son éclat avait visiblement diminué et au bout de quelques mois, il n'était presque plus visible. »

« Oui, souligna Lovecraft, Algol, l'étoile du diable. C'est sans doute elle que sollicitera Alhazred pour ses incantations sur les restes de Slater ! Je pense que le corps de ce dernier a été inhumé dans le petit cimetière de l'asile où il était interné... Qu'en pensez-vous ?

- Eh bien, il nous faudra faire confiance à notre ami Abdul ! Obligés. Rétorqua Garand
- Alors que faisons-nous ? Demanda H.P.L.
- Plusieurs hypothèses : nous essayons de les retrouver là-bas, tout en sachant que, peut-être nous ne saurons pas de manière précise où ils seront... nous allons dans leur appartement pour les attendre... ou nous restons ici jusqu'à leur retour tout en ayant amassé le maximum d'infos... Proposa Alice.
- Difficile de choisir ! Je propose qu'on aille les attendre dans leur appartement... Intervint Jean, sans trop d'assurance. Et Bretagne qu'en penses-tu ?

-   Je pense qu'il faudrait quand même savoir s'ils vont ailleurs après avoir officié dans ces montagnes. Et une autre question se pose, si on les retrouve sur place, devrons-nous les empêcher d'agir ? Ou on participe aux manigances de l'Abdul après négociations avec lui ? »

Bretagne était toujours derrière le miroir. Elle proposa : « En fin de compte, vous vous êtes laissé prendre au jeu. Abdul Alhazred n'est pas n'importe qui. Nous affrontons là le pire ennemi de l'espèce humaine, celui qui prépare sa domination sur elle depuis des siècles. Et là il est sur la voie d'y parvenir. Quand il aura fini ce qu'il fait en ce moment (et que peut-il faire d'autre que de rassembler une armée de démons à son service ?) il viendra ici pour s'approprier les pichets de Phalère pour constituer l'élite de la société qu'il veut créer. Je crois qu'il ne sert à rien de tenter de le retrouver. Je n'ai pas pu déterminer son circuit de voyage, c'est impossible. Il vaut mieux s'organiser ici pour le combattre. Et si nous n'y parvenons pas, il ne nous restera plus que la solution d'entrer dans la clandestinité, et l'espace-temps de je gère derrière les miroirs nous y accueillera dans ce but. Qu'en pensez-vous ?

-   Oui, mais comme nous ne savons pas ce qu'il fait en ce moment, s'interroge Jean...

-   Moi je crois le deviner, répond H.P.L. Nous savons qu'il était à la recherche de Joe Slater. Il ne devrait pas s'en tenir là. Il doit réunir l'ensemble ou une grande partie de la démonologie de mon œuvre... Il a déjà fait part de son désir de s'approprier les sels des plus grands intellectuels et sorciers de l'histoire de l'humanité et pour cela il mobilise tous les démons possibles. Une fois ces deux étapes franchies, le monde sera à lui. Innsmouth va devenir le Berlin de la troisième guerre mondiale ! Préparons-nous à la résistance. Serons-nous capables de lutter contre lui et son armée ? Si nous le faisons, ne risquons-nous pas de nous faire éliminer ? Ce qui constituera un lourd handicap pour l'espèce humaine...

- Nous devrons alors éliminer un par un toutes les personnes qu'il aura fait renaître des pichets de Phalère ? Questionna Alice ?
- Oui, répondit H.P.L. Pour cela, utilisons les miroirs, l'Athanor de Garand et les pouvoirs de voyager dans l'hyper espace d'Alice. Ne le prenons pas de front, organisons une guérilla contre lui. C'est la seule méthode, je crois... »

Tout le monde resta un moment silencieux. Il n'y avait plus rien à ajouter, tout le monde était d'accord : il fallait désormais s'organiser...

« Bon ! intervint Bretagne. Je vais aller chez la jeune femme qu'Alhazred a sous sa coupe. Je vais voir s'ils reviennent. On se donne deux jours. Si dans deux jours, ils ne sont pas revenus, je rapplique ici. Entre temps, il faut prendre d'autres dispositions : transporter ailleurs les pichets de Phalère. Ils sont trop près d'ici. Il faut les emmener loin ! Pourquoi pas en France, dans votre ville d'Espérance ? Maintenant que Nyarlathotep n'a plus d'espace pour les Mi-Go, on ne risque plus rien à Espérance. Howard peut y retourner aussi… Qu'en pensez-vous ?

- Excellente idée ! S'exclamèrent en même temps Garand, Jean, Véronique et Alice.
- Oui approuva H.P.L. ! On les attendra là-bas, c'est notre territoire, on sait ce qu'il y a et le Drac peut peut-être nous prêter main-forte…
- N'oubliez pas que le pont suspendu avait été détruit par un terroriste et que Garand est connu là-bas pour être le commissaire de police… enchérit Véronique… Mais heureusement, Sonia, en bonne sorcière avait tout rétabli en appelant à l'aide Yog-Shothoth. Le pont est de nouveau présent. Mais quelle mémoire resterait enfouie dans l'inconscient des habitants de la ville ?
- Oh, ça me ferait bien plaisir de retrouver mon appartement dans la grande ville du nord d'Espérance, soliloqua Jean.
- Pour moi, il n'y a pas de problème, je ne me ferai pas voir. Ou plutôt si ! J'irai rendre visite à mes collègues pour leur dire que j'ai pris ma retraite…
- Sait-on ce qu'est devenue Sonia Green ?
- Allons, Véronique, tu as oublié ? Elle est morte[28], tuée par Nyarlathotep alors que

---

[28] Voir l'épisode « Shub-Niggurath »

son corps était habité par Keziah, la sorcière. L'homme Noir en éliminant Keziah
a tué le corps de Sonia...

- Ah oui c'est vrai, mais il faut dire que je
n'avais pas tout suivi sur ce coup-là...
Bon, quand commence-t-on le transfert
des pichets de Phalère ?

- D'abord il faut aller voir là-bas si notre
appartement peut encore nous accueillir.
On ne sait jamais... Qui prend cette mission ? Il faudrait utiliser le moyen le plus
rapide : Garand avec ton Athanor ?

- Ben oui... Alice pourrait le faire, mais il
faut qu'elle passe par Titan. Ici elle n'a
pas le Drac.

- En fait cela serait plus long pour moi,
mais presque instantané pour vous ici.
Le seul problème est que je peux avoir
des ennuis là-haut dans l'église de Federal Hill. Je crois que la meilleure solution
est l'Athanor. Il faudrait alors reproduire
ce qu'on avait fait pour le premier transfert de ces objets : j'accompagne Garand
là-bas, si tout va bien il me renvoie ici
avec l'Athanor et on transfère les pichets
en plusieurs voyages sans oublier le registre.

- Excellent ! Allons-y... »

Ils le firent.

Lorsqu'ils arrivèrent dans l'appartement de la
cité des étoiles, tout semblait normal. Garand
sortit et alla faire un tour dans la ville. Il marcha
jusqu'au bord du fleuve pour constater que le
pont suspendu était toujours là. Sonia avait

rétabli la situation telle qu'elle était avant l'intervention de Nyarlathotep. De retour dans l'appartement de H.P.L., il informa Alice que tout était normal. Ils pouvaient commencer les aller et retour. Il leur fallut peu de temps pour transférer tous les pichets dans une pièce de l'appartement qui fut presque remplie jusqu'au plafond...

Puis, grâce à l'Athanor, les autres membres de l'équipe rejoignirent Alice et Garand à Espérance.

Il fallut installer H.P.L. dans sa pièce avec tous ses branchements.

Après avoir accompli cette tâche, Alice monta sur la colline derrière leur immeuble et s'approcha du puits qui constituait un autre moyen de voyager dans l'espace-temps. Il était toujours en fonctionnement, car elle vit, au fond, le plan horizontal brillant et mouvant comme du mercure. Cela leur ferait une possibilité de plus.

La jeune femme pensa au Drac. Il ne devait pas être loin. Faire appel à lui serait sans doute possible, pour, via le soleil, voyager dans le système solaire à la vitesse de la lumière...

Comment procèderait Alhazred lorsqu'il s'apercevrait de leur absence ? Aurait-il le pouvoir de détecter l'endroit où ils s'étaient réfugiés ? Rien n'indiquait une réponse cohérente à ces questions. C'était tendu : il allait falloir rester sur ses gardes, sans savoir quand surgirait l'ennemi, un ennemi terriblement terrifiant.

Bretagne, elle, faisait la vigie derrière le miroir de l'appartement de Marylin...

Ni cette dernière, ni Abdul ne firent leur apparition... « Ils ont décidé de crécher ailleurs ! » Soliloqua-t-elle. Une fois les deux jours passés, elle rejoignit les autres à Espérance. Mais il lui fallut plusieurs jours pour faire le voyage via des milliers de miroirs...

Malgré la tension, l'équipe attendait l'assaillant de pied ferme.

Néanmoins, une inquiétude lascive serrait le cœur d'Alice. Pourquoi et comment Alhazred était revenu, d'où sortait-il, que voulait-il ?

Elle retourna à l'appartement et convia tout le monde à une conversation avec HPL.

« Howard, as-tu réfléchi à la stratégie d'Abdul ?

- Oui... Sa réapparition ne date pas d'aujourd'hui. Il n'a pas eu de chance, car le corps qui le portait a été tué et il n'a pas eu le temps de transiter dans un autre corps. Il a perdu du temps, mais à quelque chose malheur est bon en ce qui concerne ses objectifs. Quand j'ai écrit mes nouvelles, je n'avais pas connaissance de l'armement nucléaire. Or aujourd'hui, il est très répandu. Je crois qu'Alhazred attendait l'apparition de cette monstruosité dans l'histoire de l'humanité. C'est pourquoi je vise la fin de la Deuxième Guerre mondiale, quand les USA ont bombardé les deux villes du Japon. Alhazred veut se rendre maître de cette arme qui est plus néfaste et dangereuse que tous les Cthulhu et autres réunis...

- Ah oui ! Bien vu... Et que faire alors ?

- On ne peut rien faire contre lui directement, il est trop puissant. Il faut remonter dans le passé et empêcher sa transition.
- Eh bien, ce n'est pas facile ! Seul Garand
sait faire cela... s'exclame Jean. Qu'en
penses-tu Garand ?
- Oui... Pas facile, mais peut-on envisager
autre chose ?
- Non... »

Joe Slater & Jan Martense

1. Joe Slater

Abdul Alhazred réfléchissait à la suite de son programme.

Son prochain but était Joe Slater[29]. Puis la horde dégénérée de la famille Martense.

Il devait se rendre dans les montagnes Castkills, et au manoir de Martense sur le mont des Tempêtes, à l'ouest de Providence et au nord de New York.

Cette créature n'avait pas besoin de dormir, mais sa servante ne pouvait pas s'en passer. Après un repas, elle alla se coucher en lui demandant s'il venait aussi ; il répondit que non, il n'avait pas sommeil. Sa nuit, il la passa à se remémorer les deux nouvelles de Lovecraft qui mettaient en scènes les deux monstres qu'il comptait recruter.

Le lendemain, au petit matin, après un petit déjeuner copieux comme seuls les Américains savent les faire, le couple partit en voiture en direction du nord-ouest.

Bretagne[30] avait eu connaissance de leur départ, mais ne savait pas où ils se rendaient. La belle brune (ses cheveux étaient plutôt châtain, mais dans la semi-obscurité qui régnait derrière

---

[29] « Par-delà le mur du sommeil » (1919) et « La peur qui rôde » (1922).

[30] Voir le nouvelle « Le Sang de Giglio Fava » dans le recueil « Terribles moments »

le miroir ils apparaissaient brun foncé) prévint immédiatement ses amis et camarades.

Le couple se dirigea donc vers le nord-ouest, direction la région montagneuse des Castkills. La jeune femme, qui se prénommait Marylin, sortit de son sac un petit miroir pour se poudrer le nez. C'était l'homme qui conduisait.

« On met le GPS chéri ? » Demanda-t-elle tout en se poudrant le nez. « OK, ah oui, le GPS ? C'est pour nous dire où on va passer ? Excellent !

- On va où ? Pour lui demander le chemin, il faut qu'on sache quelle est la destination...
- Dans les montagnes Castkills...
- Ouais je ne sais pas si cela sera suffisant pour qu'il nous indique le chemin. Tu as un nom de ville ?
- Non... Je sais juste qu'il y a un hôpital psychiatrique...
- Bon, je vais essayer de chercher une adresse sur Google...
- OK. Pour le moment je roule vers le nord-ouest... »

L'asile psychiatrique n'existait plus. Il avait fallu demander aux autorités du cadastre si les bâtiments de cet établissement existaient toujours... Souvent ces grands établissements avaient leur propre cimetière.

Il acheta des outils de terrassier sur la route, traversèrent le fleuve Hudson à Castkill et ils montèrent dans les montagnes. Les ruines de l'asile furent difficiles à trouver, mais ils y parvinrent ; elles étaient cachées au milieu de la forêt qui avait poussé après la fermeture de l'établissement. Le cimetière était dans les broussailles. Il fallut se dégager un passage à la machette ; Alhazred transportait avec lui, dans un grand sac à dos, ses outils de terrassier. Une ambiance démoniaque régnait sur les lieux. La jeune femme (mais quel était son nom ? Alhazred lui-même ne le savait pas, il ne s'était même pas donné la peine de regarder sur la boîte aux lettres, pour lui elle n'était qu'une machine à son service... elle se prénommait Marylin, c'est tout ce qu'il lui fallait savoir) la jeune femme, donc, ne l'avait pas suivi, elle attendait près de la voiture, les bras ballants.

L'homme trouva la tombe. Pas facile pour un être humain, mais lui avait des antennes spéciales, une perception de énergies et des ondes qui étaient émises par le cadavre de Joe Slater, qui, bien que cadavre, eût conservé le lien quantique avec l'entité qui l'avait dominé. Ce lien était la seule chose qui intéressait le sorcier ; il lui permettrait de remonter jusqu'à Celui qui l'intéressait.

Tout en creusant, il se remémorait les formules nécessaires pour appeler « l'oppresseur » dont parlait l'*entité du sommeil* au narrateur de l'histoire. Quand il aura récupéré le cadavre de Slater, ou plutôt sa momie desséchée, cette dernière lui servira de fanal pour diriger son énergie vers Algol, l'étoile du démon, là où l'entité s'était dirigée après la mort de Slater.

La couche superficielle du sol était constituée par un mètre au moins d'épaisseur d'humus et de racines entremêlées. Il lui fallut couper ces lianes souterraines à la machette. Sa vision lui montrait un écoulement de sang de chaque tige coupée ; mais c'était l'image de l'autre espace, celui de l'énergie du vide qui l'influençait, car l'espace quantique ne connaît pas le temps, il n'y règne pas les mêmes lois que l'espace de la relativité d'Einstein, même si celui-ci n'est pas euclidien. Lorsqu'il arriva à la terre ferme, la surface du sol de la forêt lui arrivait à la poitrine. De gros efforts étaient encore nécessaires. La terre était argileuse, dure, mais souple, le pic s'enfonçait peu, mais les morceaux de glaise restaient entiers et faciles à évacuer. Après bien des efforts que le corps humain qu'il habitait ne pourrait plus supporter plus longtemps, le pic cogna contre une paroi en bois qui s'effondra subitement, entraînant avec elle le terrassier et une bonne épaisseur de blocs de glaise. Néanmoins, la tête de la momie qui fut Joe Slater fut visible. Le reste du travail fut moins pénible : il ne fallait plus creuser un sol récalcitrant, mais évacuer les blocs d'argile et les débris de bois.

La momie était dure comme du bois sec. Alhazred réussit à la mettre debout appuyée sur la paroi du trou qu'il avait creusé et grimpa à la surface en deux étapes, celle du sol d'argile et la deuxième, l'épaisseur de terre d'humus dans laquelle il put agripper des racines suffisamment épaisses pour soutenir son poids. Une fois sur le sol, sous la futaie, alors que les rayons du soleil filtraient au travers des branches, il s'allongea au bord du trou et laissa dépasser son corps de la taille jusqu'au haut de la tête en se penchant le plus possible vers le fond pour agripper des deux mains la tête de la momie qu'il extirpa d'un siècle de sépulture. Une fois celle-ci allongée à côté de lui, il se releva et sortit une machette de son sac qu'il utilisa pour couper la tête la séparant ainsi des restes de Joe Slater. C'était la seule chose qui l'intéressait, car il allait pouvoir retrouver dans le fossile du cerveau de ce cadavre les liens, réseaux et signifiants pour les utiliser pour appeler *l'oppresseur,* ainsi nommé par Lovecraft. Une fois ses outils rangés, la tête de la momie emballée dans un morceau de drap, Alhazred donna un coup de pied à la momie sans tête pour la rejeter au fond du trou et prit le chemin du retour pour rejoindre sa voiture à côté de laquelle l'attendait, stoïque, la belle Marylin.

Maintenant, il devait se rendre au manoir des Martense qui ne se trouvait pas loin, à l'ouest d'Arkham ?

La jeune femme avait déjà repéré les lieux en son absence grâce à Google Earth et le GPS.

2. Jan Martense

Le manoir des Martense fut donc plus facile à trouver. D'autant que le sorcier se laissa guider par les «tertres», les espèces de taupinières dues au creusement des tunnels par les monstres issus de la dégénérescence des Martense par consanguinité.

L'ambiance était ici aussi, et peut-être plus encore, plus que lugubre. Et cela déjà un siècle auparavant comme le décrit Lovecraft.[31] Car Alhazred avait lu et relu tout Lovecraft et connaissait ses textes par cœur.

« Le manoir Martense fut bâti par Gerrit Martense, riche marchand de la Nouvelle-Amsterdam qui, n'appréciant guère les changements apportés par la souveraineté britannique, avait érigé ce magnifique édifice sur un lointain sommet boisé dont il aimait la solitude vierge et le paysage inhabituel. (...) Leur apparence était invariablement marquée par une différence d'ordre génétique dans la couleur de leurs yeux : en général, ils en avaient un bleu et l'autre marron. »

« Les vieux arbres marqués par la foudre semblaient anormalement grands et difformes, et le reste de la végétation poussait étonnamment, frénétiquement dru ; quant aux drôles de monticules et de tertres hérissant la terre criblée de fulgurites et couverte de mauvaise herbe, ils me rappelaient des serpents et des

---

[31] « La Peur qui rôde » 1922

crânes d'hommes morts aux proportions gigantesques. »

Et encore : « Les grand-mères racontaient de
drôles de rumeurs sur le "spectre Martense" ;
des rumeurs à propos de la famille Martense,
de la dissimilitude héréditaire des couleurs des
yeux de ses membres, de sa longue histoire insolite, et du meurtre qui avait été sa malédic-
tion. » Et : « La terre retournée était couverte
de sang et de morceaux humains, témoignages
par trop évidents des ravages exercés par des
griffes et des serres démoniaques. » (…)

« Dans ces cris, l'âme quintessencielle de la
peur et de l'angoisse humaines s'arrachait fol-
lement, désespérément, les ongles sur les
portes d'ébène de l'oubli. (…) Car l'ombre sur la
cheminée n'était pas celle de George Bennett,
ni d'une quelconque créature humaine, mais
d'une anomalie blasphématoire jaillie des plus
profonds cratères de l'enfer ; une abomination
innommable, amorphe, que l'esprit ne saurait
tout à fait concevoir et dont la plume ne peut
donner le plus petit début de description. (…)
Jan Martense, dont j'avais envahi la chambre,
était enterré dans le cimetière près du manoir… »

« Dans le fond, au-delà des troncs scarifiés, il-
luminées par les éclairs voilés, se dressaient les
pierres humides et couvertes de lierre du manoir abandonné ; un peu plus près, on devinait
le jardin hollandais, lui aussi à l'abandon, dont
les chemins et parterres étaient pollués par une
surabondante végétation blanche, fongique et
fétide, qui ne voyait jamais vraiment la lumière

du jour. (...) Et plus près encore se trouvait le cimetière, où les arbres déformés agitaient leurs branches démentes tandis que leurs racines soulevaient des dalles maudites pour aspirer le venin de ce qui se trouvait en dessous. (...) Je pensais désormais que la peur tapie n'était pas de chair, mais un fantôme à crocs de loup qui chevauchait la foudre à minuit. Et je croyais, à cause de toutes les traditions locales que j'avais exhumées dans mes recherches du vivant d'Arthur Munroe, que ce fantôme était celui de Jan Martense, qui était mort en 1762. C'est pourquoi je creusais comme un dément dans sa tombe. »

Et Alhazred, qui avait retrouvé cette tombe, ou ce qu'il en restait, après une marche terrifiante dans la jungle de la Nouvelle-Angleterre, faisait de même. Son objectif était en lui-même terrifiant, grandiose dans le domaine de la terreur. Il voulait recruter une armée, après avoir recruté un vampire et un homme relais, une armée telle que l'avait décrite Lovecraft : « La chose arriva brusquement, sans prévenir ; j'entendis une cavalcade démoniaque, comme un bruit de pattes de rats, montant de crevasses lointaines et inimaginables, un halètement infernal, des grondements étouffés, puis, par l'ouverture sous la cheminée jaillit une multitude lépreuse engendrée par la nuit, un écœurant flot de corruption organique d'une hideur plus dévastatrice que les conjurations les plus noires des mortels déments et morbides. Grouillant, bouillonnant, ruisselant, écumant telle la bave visqueuse du serpent, elle déferla par le trou béant, se répandit comme une infection et sortit de la cave par toutes les ouvertures possibles, pour aller s'égailler dans les maudites forêts ténébreuses et répandre la peur, la folie et la mort. Dieu sait combien il y avait de créatures. Des milliers, sans doute. (...) L'on pût les percevoir comme des organismes distincts, je vis qu'il s'agissait de singes nains et difformes, ou de démons velus, monstrueuses et diaboliques caricatures des représentants du règne simien. (...) C'était l'ultime produit de la dégénérescence des mammifères, l'effrayant résultat d'une multitude d'accouplements consanguins et d'un régime cannibale, sur et sous terre ; l'incarnation du chaos et de la peur, l'un qui grogne, l'autre moqueuse, tous deux tapis derrière la vie. (...) C'étaient les yeux vairons que les vieilles légendes attribuaient aux Martense. Je compris alors dans un déluge d'horreur muette ce qui était advenu de la famille disparue, cette famille que le tonnerre rendait folle ; la terrible famille Martense. »

Alhazred, contrairement au narrateur de cette aventure, avait des pouvoirs immenses ; il comptait sur eux pour maîtriser cette horde de l'horreur.

Pour y parvenir, c'était tout simple pour lui : il lui suffisait de ramener quelques ossements d'un Martense, le plus loin possible dans la lignée, l'ancêtre le plus lointain...

Ses recherches dans les sépultures du manoir portèrent leurs fruits.

Dans un premier temps il se contenta de ce qu'il avait trouvé, puis, petit à petit, sa prospection minutieuse lui permit de trouver des sépultures très anciennes, très très anciennes...

Il put repartir avec une belle moisson très macabre...

L'entité du puits

« À l'ouest d'Arkham, les collines sont sauvages, et les bois touffus des vallées n'ont jamais connu la morsure de la hache. Il est d'étroits vallons sombres où les arbres sont incroyablement inclinés, et où de minces ruisselets coulent qui n'ont jamais reflété l'éclat du soleil. (…) Tout a commencé, dit le vieil Ammi, avec la météorite. (…) D'ailleurs, même à l'époque, ces bois occidentaux étaient nettement moins craints que la petite île sur le Miskatonic, île où le diable avait sa cour à côté d'un étrange autel de pierre plus ancien que les Indiens. (…) tout cela se passait en juin 1882 »[32]
Cette météorite était tombée à côté du puits et avait engendré de terribles mutations, des mutations mortelles sur tout ce qui était vivant aux alentours.

« La pauvre femme hurlait qu'elle voyait dans l'air des choses qu'elle ne pouvait décrire. Dans son délire, elle ne citait aucun nom précis, mais s'exprimait seulement en utilisant des verbes et des pronoms. Des choses bougeaient, changeaient, voletaient, et ses oreilles tintaient sous l'effet d'impulsions qui n'étaient pas tout à fait des sons. »

---

[32] « La couleur tombée du ciel » 1927, dans la traduction de Jacques Papy et Simone Lamblin. « La Couleur venue d'ailleurs » selon la traduction de Arnaud Demaegd (éditions Bragelonne). Les citations dans ce roman sont en général tirées de cette édition.

Des hommes sont allés essayer de sonder le puits dans lequel la « chose » semblait s'être réfugiée.

« Merwin et Zenas étaient tous deux au fond, en partie du moins, puisqu'il n'en restait guère plus que des squelettes. Il y avait aussi un petit daim et un gros chien, à peu près dans le même état, ainsi que des ossements d'animaux plus menus. Au fond, la vase visqueuse semblait inexplicablement absorbante et bouillonnante, et un homme qui descendit les échelons, armé d'une longue perche, s'aperçut qu'il pouvait enfoncer cette dernière à n'importe quelle profondeur sans rencontrer le moindre obstacle solide. »

« Le coroner, qui était assis près d'une fenêtre donnant sur la cour, fut le premier à remarquer la lueur autour du puits. (...) L'émanation blasphématoire venue d'outre-monde n'avait encore jamais attaqué un humain dont l'esprit n'était pas affaibli, il est impossible de dire ce qu'elle aurait pu faire au dernier moment, forte de sa puissance manifestement accrue, et sachant les signes de volonté délibérée qu'elle allait bientôt montrer sous la lune et le ciel voilé. (...) Les observateurs virent onduler au faîte d'un arbre mille minuscules points formant au bout de chaque rameau une auréole blafarde et maléfique, rappelant un feu de Saint-Elme ou les flammes qui descendirent sur la tête des apôtres à la Pentecôte. Les points de lumière surnaturelle formaient une monstrueuse constellation tel un essaim de lucioles rassasiées de cadavres, essaim dansant d'infernales sarabandes. (...) Ça se transmet à tout ce qui est organique dans les parages, marmonna le légiste. Nul ne répondit, mais l'homme qui était descendu dans le puits suggéra que sa longue perche avait dû réveiller quelque chose d'intangible. — C'est horrible, ajouta-t-il. Il n'y avait aucun fond. Rien que de la vase et des bulles. Et j'avais l'impression que quelque chose était tapi, là en bas. (...) Alors, sans prévenir, la chose hideuse s'envola vers le ciel à la manière d'une fusée ou d'un météore, sans laisser de sillage, et, avant que quiconque ait eu le temps de retenir son souffle ou de laisser échapper la moindre exclamation, disparut par un trou rond étonnamment régulier dans les nuages. »

Après un long calvaire de tous les êtres vivants de cette région, l'entité s'est envolée vers la constellation du Cygne, vers Deneb, en ayant marqué définitivement ce territoire de sa sombre et terrifiante marque.

Pour Alhazred c'était simple. Il était arrivé dans cette région à l'ouest d'Arkham. De cette position il avait suffisamment de pouvoir pour appeler et faire venir cette entité extraterrestre et, comme les autres, la réduire en esclavage... Pour cela il lui fallait trouver au fond du puits un objet qui avait conservé la marque quantique de cet extraterrestre. Cela ne devait pas être trop difficile.

Il retrouva donc la ferme et le puits, abandonnés depuis plus d'un siècle. La margelle de ce dernier s'était effondrée. C'était impossible de creuser cela à la main. Il retourna à Arkham et embaucha un artisan pour faire ce travail ; il se présenta dès le lendemain avec un engin de chantier qui lui permit de creuser rapidement un grand trou très profond.

« Ah ! C'est une vase putride qui reste au fond ! » S'exclama l'homme.

« Ne bougez pas, je vais voir ! » Répondit Alhazred.

Effectivement, ils étaient arrivés au fond du puits qui contenait toujours cette vase putride. Un ossement d'une victime, c'était tout ce qu'il fallait au sorcier pour réussir à faire venir l'extraterrestre.

« Plongez votre excavatrice dans cette vase et voyez ce que vous pouvez remonter...

-    Si vous y tenez. »

L'ouvrier s'y prit à plusieurs reprises avant de remonter un tas d'ossements, visiblement humains, puisqu'on y apercevait un crâne.

« Oh ! Fit le conducteur de l'engin. Des restes humains ! Il faut prévenir la police ! »

L'homme n'avait pas vu venir le coup de pioche que lui a asséné le sorcier pour le tuer sur le coup. Le corps fut jeté dans le trou que le sorcier reboucha à l'aide de l'engin de chantier qu'il a eu du mal à bien conduire, mais il a fini par y parvenir.

Abdul Alhazred jubilait : il avait réuni tous les éléments pour conquérir le monde. Enfin presque tous : la récupération des pichets de Phalère était indispensable, ainsi que le registre qui indiquait l'identité de chaque personne dans chacun des flacons numérotés, ce qui lui permettrait de réunir l'élite mondiale de plusieurs siècles pour structurer la société de demain qu'il voulait construire, tout entière à son service. Pour cela il devait affronter les quatre mousquetaires à Innsmouth : Alice, Jean, Véronique et Garand.

Il s'y était préparé, il était prêt !

Un jeune homme se gara sur l'emplacement de stationnement de Marylin, à Providence. Il prit l'ascenseur et monta à l'étage de l'appartement de sa compagne. Ils ne vivaient pas ensemble, mais ils étaient liés par l'amour.

Quand il entra dans l'appartement avec ses clés, Bretagne n'était pas encore sur les lieux pour faire la vigie.

L'appartement était vide. Le jeune homme trouva les restes du petit déjeuner de Marylin et d'Alhazred. Il prit conscience que sa femme avait couché avec quelqu'un. Et qu'elle avait disparu, elle s'était enfuie avec lui ?

Il alla signaler cette disparition à la police qui l'enregistra, mais sans grand enthousiasme. Néanmoins, ils prirent le numéro d'immatriculation du véhicule. Ce détail mit en œuvre un processus de décision chez le jeune homme, celle de mener l'enquête lui-même.

D'abord, il décida de téléphoner à sa femme. Il n'y avait pas pensé, ou n'avait pas osé y penser, de peur d'entendre des choses désagréables. Elle répondit de suite ; elle était seule, car le sorcier était en train de creuser la tombe de Martense, dans la forêt assez loin d'où elle se trouvait.

« Allô ?

- Chérie, c'est moi, Allan !
- Ah mon chéri ! Que je suis heureuse de t'entendre...
- Mais où es-tu ? »

Elle lui dit où elle se trouvait.

« Mais que fais-tu là-bas ?

- Je ne sais pas. Quelqu'un m'a demandé de l'emmener ici. Je l'ai fait, je ne sais pas pourquoi...
- J'arrive ! Il me faut une heure ! Cache-toi dans le coin et garde bien ton téléphone à portée de main...
- OK, si tu le dis... »

Allan avait trouvé qu'elle avait une voix traînante. Cela l'inquiétait.

Lorsqu'il arriva sur place, il vit la voiture de Marylin. Il se gara assez loin et tenta de la rejoindre. Pour cela il commença par lui envoyer un SMS. Elle répondit que tout était OK. C'était un bonheur qu'ils eussent une connexion ici dans cette cambrousse.

Il s'approcha donc à pied et vit de loin sa femme avec un jeune homme à l'air hautain et supérieur. La jeune femme paraissait prostrée... L'homme, en le voyant, commença à s'élancer vers lui, mais d'un pas ferme et tranquille, sans excès. Tout à coup, Allan, se sentit rassuré ; il s'arrêta et attendit l'homme qui portait une pelle d'une main. Celui-ci, une fois à la portée d'Allan lui porta un coup avec la pelle en utilisant la tranche pour lui fendre le crâne...

« Je vais pas me laisser emmerder par un petit con ! » Vociféra le sorcier.

Puis, il retourna vers la fille, la prit par le bras et ils rejoignirent leur voiture, laissant le cadavre allongé sur le chemin dans une mare de sang. Il ouvrit la portière de la voiture de la fille et la poussa sur le siège passager : « Bouge pas d'ici, je reviens ! Et tu ne réponds pas au téléphone. Le sorcier alla fouiller la voiture du jeune homme et récupéra tout ce qu'il pouvait, ensuite il alla près du corps, vola les cartes bancaires, tous les papiers et l'argent liquide, et retourna à « sa » voiture.

Au moment de démarrer, il s'exclama : « Bon ! Ben, c'est pas le moment de retourner chez toi. On va aller à l'hôtel.

-   Oui, mon chéri... »

QUATRIÈME PARTIE

L'Apocalypse

Innsmouth n'attendait que cela : le retour d'Abdul Alhazred.

Le couple s'installa à l'hôtel Gilman.

Abdul visita Innsmouth de fond en comble pour tenter de découvrir où se cachait l'équipe des Calmet. Introuvable ! Sans doute avaient-ils fui, mais où ? Le sorcier ne connaissait pas leur refuge en France. Cela ne lui était même pas venu à l'idée. Les pichets de Phalère n'étaient pas là non plus, et cela l'ennuyait beaucoup. Ces poudres, ces sels des grands esprits de l'humanité lui étaient indispensables, mais introuvables ; il avait pourtant visité toutes les ruines d'Innsmouth. « Tant pis ! » se dit-il, « il faut maintenant se mettre à l'ouvrage ! ».

Sa stratégie était au point. Innsmouth resterait sa base à partir de laquelle il développerait sa tactique meurtrière dans tout le pays, et par voie de contagion, ensuite, dans le monde entier. Premier objectif : Washington. Il lui fallut plus de huit heures pour atteindre la capitale en voiture, en contournant New York. Là-bas, il s'installa en face de la maison blanche, dans le parc et commença ses incantations en direction de la constellation du Cygne, vers Deneb, conjurant l'entité, la couleur tombée du ciel, de revenir et de se nourrir de la grande ville et de ses habitants... Quand il eut terminé, tous les badauds qui assistèrent à ce qu'ils auraient pu interpréter comme des simagrées applaudirent en riant. Il joua le jeu en s'inclinant poliment et en remerciant son public qui ne s'attendait pas du tout à ce qui allait lui arriver dans un avenir proche si les formules du sorcier avaient été efficaces.

En effet, quelques jours plus tard il apprit que son « appel » avait porté ses fruits : une gigantesque pluie de météorites s'était abattue dans la capitale américaine. De nombreuses personnes furent tuées directement par ces chutes et il fut extrêmement difficile aux autorités sanitaires et scientifiques de récolter les astéroïdes. Ils furent nombreux à être ramassés par les passants, d'autres introuvables car tombés sur les toits des immeubles et buildings. L'entité extraterrestre trouva là une nourriture abondante. L'épidémie commença donc assez rapidement.

Après quelques mois, le gouvernement américain ayant décrété l'alerte sanitaire maximum, mais sans réussir à ralentir l'expansion de la peste grise, toute la société américaine commença à se déstabiliser.

Alhazred porta alors le deuxième coup : il éveilla les milliers de dégénérés de la descendance Martense et les envoya envahir New York. Le massacre fut épouvantable. L'armée fut mobilisée, mais les petits monstres aux yeux vairons savaient se cacher dans le métro et les égouts. Cette guérilla allait durer, mais ne prendrait fin que lorsque le sorcier le déciderait. Puis, quand les renforts armés affluèrent de l'ouest vers l'est, il enclencha la descente de

« l'oppresseur » à Los Angeles et sur la côte ouest grâce à Joe Slater. Yog-Sothoth fut mis à contribution pour faite sortir le grand Cthulhu de sa tanière au fond de l'océan pacifique, tel une espèce de Godzilla.

Le vampire de Benefit Street restait son compagnon, l'équivalent du familier des sorcières. Le monstre assurait la défense de son maître, ajoutant encore de la difficulté à l'atteindre. Il s'était « nourri » de pratiquement toute la population d'Innsmouth, sans que quiconque ne s'en soit aperçu.

Cette ignoble guerre dura deux ans. Dans les autres pays du monde, l'attaque des principales capitales par la « Couleur tombée du ciel » avec ses pluies de météorites et « L'oppresseur » empêchait toute solidarité, chacun avait son front à tenir...

L'Apocalypse était en marche...

Les archives de la Grande Race

Les Calmet et Garand avaient suivi tout cela avec angoisse et inquiétude. Aucune stratégie frontale ne pouvait aboutir, la force de l'adversaire était incommensurable. Le seul moyen consistait à retourner dans le passé pour rendre la transition d'Alhazred impossible. Mais cela demandait du temps. Ils se répartirent la tâche pour que chacun prospecte le passé afin de déterminer qui, quand et comment avait facilité la transition du sorcier.

La tentation était forte de solliciter les personnages réduits à l'état de poudre fluide dans les pichets de Phalère. Mais, le risque n'était-il pas que le remède soit encore pire que le mal ?

Le créneau de temps n'était pas si large : il fallait étudier la période de la Deuxième Guerre mondiale, sans doute la fin de cette guerre, quand l'arme atomique avait été expérimentée. Car il ne faisait aucun doute que c'était ce que recherchait Alhazred : l'usage des milliers de têtes nucléaires : affaiblir les pouvoirs des grands pays qui possédaient des armes nucléaires. Il avait commencé par le plus puissant. Une fois arraché l'usage de l'armement nucléaire aux USA, le reste suivrait.

Il fallait consulter les archives, la presse de la fin de la guerre... Lire tout ce qui concernait cette période. En attendant, des millions de gens mouraient. Une autre solution existait :

retrouver les archives de la Grande Race de la nouvelle de H.P.L. *Dans l'abîme du temps*[33]. Le narrateur avait prospecté de vastes ruines cyclopéennes dans l'espoir de retrouver des traces de sa présence dans cette civilisation datant de plusieurs millions d'années. Garand et son Athanor allaient se rendre sur ce site pour reprendre, un siècle plus tard, ce périple afin de retourner à l'époque de la Grande Race pour consulter ses archives. En effet, cette civilisation avait le pouvoir de la maîtrise du temps : elle envoyait l'esprit de ses membres posséder le corps des humains (et de bien d'autres « races » dans l'histoire de la Terre) et en échange, l'esprit de l'être humain possédait un membre de la Grande Race. Ainsi, cette civilisation possédait des archives titanesques de l'histoire de l'humanité et de bien d'autres civilisations... Garand pourrait peut-être ainsi consulter ces archives qui lui indiqueraient peut-être à quel moment du XXe siècle, Abdul Alhazred a mis en œuvre son plan de destruction de la civilisation humaine. Rien n'était sûr, mais ne fallait-il pas tenter le coup ?

Le site se situait en Australie. C'est de Pilbarra qu'une lettre d'un ingénieur des mines informa le narrateur de la découverte de gigantesques blocs de pierre qui ressemblaient diablement à ceux de ses rêves qu'il avait publiés dans des revues scientifiques de psychologie.

Voici la reproduction de cette lettre.

---

[33] Titre de la nouvelle selon la traduction de Jacques Papy et Simone Lamblin (1935) la traduction de Arnaud Demaegd aux éditions Bragelonne a préféré « L'ombre immémoriale » !

'Cher Monsieur,

Suite à une récente conversation avec le docteur E.M. Boyle, de Perth, et ayant lu vos articles dans les revues qu'il vient de m'envoyer, je crois bon de vous faire part de certaines choses que j'ai aperçues dans le grand désert de sable, à l'est du gisement aurifère où je travaille. Il semblerait, au vu des singulières légendes à propos des villes antiques dont vous décrivez l'architecture monumentale et les étranges motifs et hiéroglyphes, que j'aie fait une découverte très importante. Les indigènes ont toujours été intarissables sur les « grosses pierres couvertes de marques », qu'ils craignent apparemment au plus haut point. Ils semblent les croire liées, de près ou de loin, aux légendes aborigènes au sujet de Buddai, le vieillard géant qui dort sous terre depuis une éternité, la tête sur le bras, et qui, un jour, se réveillera pour dévorer le monde. De très vieux contes à moitié oubliés parlent d'énormes huttes souterraines, faites de gros blocs de pierre, dont les passages s'enfoncent dans les entrailles de la Terre, et où se sont produites des choses terribles.

« Les indigènes affirment qu'autrefois, des guerriers fuyant en pleine bataille en empruntèrent un et ne revinrent jamais, et que des vents effrayants jaillirent bientôt de la galerie dans laquelle ils s'étaient engouffrés. Cependant, ce que racontent ces gens-là est généralement dénué de fondement. Mais j'ai autre chose de plus intéressant à vous dire. Il y a deux ans, alors que je prospectais dans le désert, à environ huit cents kilomètres à l'est, je tombai sur une grande quantité de pierres de taille étrange, d'à peu près quatre-vingt-dix centimètres de long sur une soixantaine de haut et de profondeur, rongées et grêlées à l'extrême. De prime abord, je ne trouvai aucune des marques dont les indigènes m'avaient parlé ; mais en y regardant de plus près, je distinguai, en dépit de l'érosion, de profondes lignes gravées. Il s'agissait de courbes particulières, exactement comme celles que les aborigènes s'étaient efforcés de décrire. Sur un périmètre de peut-être quatre cents mètres, je pense qu'il y avait trente ou quarante blocs, dont certains étaient presque entièrement enfouis sous le sable. Quand je vis les premiers, j'en cherchai d'autres autour de moi et, à l'aide de mes instruments, je fis des relevés précis sur l'emplacement du site.

« Je pris aussi une dizaine de clichés des blocs les plus caractéristiques, clichés que je joins à la présente lettre. J'envoyai relevés et photographies au gouvernement, à Perth, mais personne ne donna suite. Je fis alors la connaissance du docteur Boyle, qui avait lu vos articles dans la Revue de la Société américaine de psychologie et, au bout d'un moment, j'en vins à parler des pierres. Cela l'intéressa au plus haut point. Il s'enthousiasma à la vue de mes photographies, et affirma que les pierres et les marques étaient identiques à celles des murs que vous aviez vus en rêve et dont vous aviez entendu la description dans diverses légendes. Il comptait vous écrire, mais manquait de temps. En attendant, il m'envoya la plupart des magazines contenant vos articles et, à vos dessins et descriptions, je vis tout de suite que mes pierres étaient assurément identiques à celles dont vous parliez. Vous apprécierez la ressemblance en regardant les photographies. Le docteur Boyle vous joindra en personne quand il le pourra. Je comprends maintenant l'importance que tout cela revêt pour vous. Nous nous trouvons sans aucun doute face aux vestiges d'une civilisation inconnue, plus ancienne que tout ce dont on a pu rêver jusqu'ici, et qui inspira vos légendes.

« En tant qu'ingénieur des mines, j'ai certaines connaissances en matière de géologie, ce qui m'autorise à vous dire que ces blocs sont effroyablement vieux. Il s'agit surtout de grès et de granit, mais l'un d'eux est presque certainement fait d'un genre curieux de ciment ou de béton.

« Ils portent des stigmates d'érosion, comme si cette partie du monde avait été submergée et était ressortie des eaux après un temps fort long — en l'occurrence, depuis la taille et l'utilisation de ces pierres. Nous parlons ici de centaines de milliers d'années... voire plus, qui sait ? Je préfère ne pas y penser.

Sachant l'application avec laquelle vous avez mené vos recherches sur ces légendes et tout ce qui s'y rapporte, je ne doute pas que vous voudrez monter une expédition pour aller faire des fouilles archéologiques dans le désert. Le docteur Boyle et moi-même sommes prêts à vous aider dans cette entreprise si vous — ou des organismes de votre connaissance — êtes en mesure de fournir les fonds.

« Je peux réunir une dizaine de mineurs pour les gros travaux de terrassement ; les aborigènes ne nous seraient d'aucun secours puisque, comme je m'en suis aperçu, cet endroit leur inspire une peur quasi pathologique. Boyle et moi ne parlerons à personne de cette affaire, la priorité et le crédit vous revenant bien évidemment sur les découvertes que nous pourrions faire. Pour se rendre sur les lieux depuis Oilbarra, il faut quatre jours en tracteur à moteur (véhicules dont nous aurions de toute façon besoin pour notre matériel). Le site est au sud-ouest de l'itinéraire de Warburton en 1873n et à cent soixante kilomètres au sud-est de Joanna Spring. Nous pourrions aussi acheminer le matériel par le fleuve De Grey au lieu de partir du Pilbarra, mais nous parlerons de ces détails plus tard. Les pierres se trouvent approximativement à 22° 3' 14 de latitude sud et 125° 0' 39 de longitude est. Le climat est tropical, le désert éprouvant. Si expédition il y a, elle doit être menée en hiver, c'est-à-dire en juin, juillet et août. Je serais heureux de correspondre sur ce sujet, et désire vivement vous assister, quel que soit le projet que vous envisagerez. Depuis que j'ai lu vos articles, je suis intimement convaincu que toute cette affaire revêt une importance capitale. Le docteur Boyle vous écrira bientôt. En cas d'urgence, un câble à Perth peut être relayé par TSF.

« Dans l'espoir sincère d'une réponse rapide, je vous prie de croire, Monsieur, à mes sentiments dévoués.
Robert B.F. Mackenzie »[34]

Garand possédait ainsi les coordonnées exactes de la position de ces ruines. Ce serait donc facile de s'y rendre grâce à Athanor.
Voici quelques extraits de ce qu'a raconté le narrateur.
« Mes annotations forment une preuve tangible que j'ai compulsé avec minutie des ouvrages tels que Le Culte des goules du comte d'Erlette, *De vermis mysteriis* de Ludvig Prinn, l'*Unaussprechlichen Kulten* de von Junzt, les derniers fragments de l'énigmatique *Livre d'Eibon*, et l'effroyable *Necronomicon* de l'Arabe dément Abdul Alhazred. Les uns comme les autres, ils laissaient entendre que des êtres à la forme inconcevable avaient dressé des tours dans le ciel et étudié tous les secrets de la Nature avant que le premier ancêtre amphibie de l'homme ne sorte en rampant de l'océan chaud, voici trois cents millions d'années. »
Éteinte depuis « cinquante millions d'années seulement avant l'avènement de l'homme. Cette espèce, apprenait-on dans les mythes, était la plus grande de toutes, car elle avait découvert le secret du temps. Elle avait assimilé tout ce qu'il y avait et tout ce qu'il y aurait à savoir sur la terre, grâce à la faculté de ses esprits les plus affûtés à se projeter dans le passé

---

[34] Tous les extraits de cette nouvelle sont tirés de l'édition Bragelonne de « Cthulhu : le mythe tome 2 »

et le futur, même à des millions et des millions d'années, afin d'étudier les connaissances de chaque époque. Les réussites de cette espèce avaient donné naissance à toutes les légendes de prophètes, y compris celles des mythologies humaines. »

« Forte de ce savoir infini, la Grande Race piochait dans chaque époque et chaque forme de vie les concepts, arts et procédés qui convenaient à sa nature et à sa situation. Les connaissances du passé. »

« Forte de ce savoir infini, la Grande Race piochait dans chaque époque et chaque forme de vie les concepts, arts et procédés qui convenaient à sa nature et à sa situation. Les connaissances du passé, (…) »

« Les individus de la Grande Race étaient d'immenses cônes striés de trois mètres, et dont la tête et les autres organes étaient attachés à des membres extensibles d'une épaisseur de trente centimètres, partant en tous sens du sommet de leur corps. Ils communiquaient en cliquetant et en frottant les énormes pattes ou pinces qui terminaient deux de leurs quatre membres, et se déplaçaient en étirant et contractant une couche visqueuse, à la base du cône, qui mesurait elle aussi trois mètres de diamètre. »

« Quant aux cas d'exploration ordinaire, une fois l'usurpateur satisfait de ce qu'il avait appris dans le futur, il suffisait de fabriquer un appareil comme celui qui lui avait permis d'entamer son voyage, et d'inverser le processus de projection. Le voyageur regagnait son corps et son époque, et l'ex-captif recouvrait sa vraie place dans le futur. »

Garand partit seul. Ce fut une décision collective. Inutile de trop se disperser. Après avoir réglé son appareil, il se retrouva au milieu du désert en Australie. Pour prendre soin de son corps si son absence physique durait trop longtemps, il avait emmené une espèce de sarcophage dans lequel il s'installa. En fait, ce n'était qu'une mesure de précaution, car il lui suffisait de revenir quelques secondes après qu'il était parti, et ce serait comme s'il avait toujours été là. Une fois bien installé, à la fois psychiquement et matériellement, il amorça ce voyage dans ce passé très lointain. Jamais il n'était allé si loin (des millions d'années). Le voyage dura quelques minutes au lieu d'être instantané comme ce fut le cas auparavant. Il se retrouva sans encombre dans la cité souterraine de la « Grande Race ».

Lovecraft avait décrit d'« effroyables salles, couloirs et plans inclinés dont le souvenir me restait à travers mes rêves. Les archives centrales étaient-elles encore accessibles ? (...) je me rappelai les impressionnants documents qui, jadis, avaient été rangés à l'abri dans ces coffres rectangulaires en métal inoxydable. D'après les rêves et légendes, c'était là que se trouvait toute l'histoire, passée et future, du continuum espace-temps universel, histoire rédigée par les esprits captifs venus de chaque planète, chaque époque du système solaire. »

Et ce n'était pas tout, il avait parlé aussi d'une autre « race » qui avait réalisé ces titanesques constructions et qui en avait été chassée par ces extraterrestres en forme de cônes.

« Ces créatures avaient érigé de formidables cités de basalte aux tours sans fenêtres et fait d'horribles ravages chez les êtres vivants qu'elles avaient trouvés. Telle était la situation lorsque les esprits de la Grande Race étaient parvenus sur terre, après avoir franchi le vide depuis cet obscur monde du bout de la galaxie, monde nommé Yith dans les troublants et contestables Fragments d'Eltdown. »

« D'antiques ruines basaltiques inspiraient une forte crainte à la mythique Grande Race, ces hautes tours sans fenêtres laissées derrière elles par ces menaçantes créatures extraterrestres à moitié immatérielles qui grouillaient dans les entrailles de la Terre, et dont les forces invisibles, douées de pouvoirs sur les vents, étaient maintenues prisonnières derrière des trappes scellées, gardées par des sentinelles qui jamais ne dormaient. »

Eh bien il y avait de quoi chercher. Sans doute Garand allait devoir comprendre le système de classement utilisé par ces « cônes extraterrestres » : temporel ? Catégoriel ? ...

Ses recherches ont duré plus de deux années. Sa présence passait inaperçue dans cette espèce d'usine où des milliers de « cônes » extraterrestres se croisaient, dont certains, il le savait étaient en fait habités par d'autres entités, parfois des humains. Lui était invisible, une entité de pure énergie qui se nourrissait des ondes cosmiques, des neutrinos qui traversaient la matière comme si elle n'existait, mais lui possédait un piège à neutrinos qui lui fournissait toute l'énergie nécessaire. Pendant la durée de son séjour, il restait intoxiqué par la terreur qui dominait encore chez les membres de la Grande Race, épouvantable peur de « ces créatures qui grouillaient dans les entrailles de la Terre ». Après deux ans, trois mois et vingt-huit jours, il découvrit l'information qu'il cherchait : la transition d'Alhazred à Dresde, le 14 février 1945. L'heure exacte n'était pas précisée. S'il l'avait pu, il aurait sauté de joie. Le retour se fit sans encombre, calculé de telle manière d'arriver juste après être parti. Son Athanor physique était toujours là ; il le manipula pour le retour à Espérance, juste après son départ, là également.

Les autres furent immédiatement informés de la date et du lieu. Garand avait noté les coordonnées exactes.

« Qui vient avec moi ?
-   Est-il possible d'y aller à quatre ? questionna Alice.
-   Oui, bien sûr !
-   Eh bien, allons-y !?
-   Tu es sûre ? Ne vaut-il pas mieux garder deux personnes en réserve ?
-   Non... La mission est trop importante et trop difficile. Si je comprends bien, nous allons avoir à faire à un officier SS esclave du sorcier, un zombie en flammes

"habité" par ce dernier et une femme violée... Il faudra juger sur place de la bonne méthode afin de ne pas rater son coup. On descend l'homme en flammes et la femme violée, par mesure de sécurité ?

- Oui, je le crois. Mais attention au SS Totenkopf, il sera libéré de l'emprise du sorcier quand ce dernier sera mort... De plus il faudra incinérer intégralement les corps pour éviter toute mauvaise surprise...

- Oui, eh bien c'est ce que je disais : l'affaire est complexe il faut du monde... Bon, ben alors, allons-y ? Papa, maman, prêts. Autre chose, nous devons tous promettre qu'en cas de doute, nous sommes prêts les uns et les autres à tuer celle ou celui d'entre nous qui serait soupçonné d'être possédé. OK ?

- OK (tout le monde répondit OK)

- Prêts ! »

Ils vérifièrent leurs armes (chacun avait un fusil de guerre en bandoulière et un pistolet, automatiques tous les deux, et Jean portait un lance-flamme) et ils y allèrent !

Le bûcher des vanités

L'équipe Calmet/Garand apparut instantanément sur le site à Dresde en 1945, pendant le
bombardement par les alliés. La jeune femme
appelait au secours le SS Totenkopf, et celui-ci
s'apprêtait à la violer. Jean n'hésita pas une seconde quand il vit arriver le zombie en
flammes : il tira deux coups de feu mortels avec
son fusil automatique, l'un pour le SS et l'autre
pour la jeune femme. Dommage pour cette
pauvre innocente, mais l'avenir de l'humanité
était en jeu.
Le sifflement des bombes était stressant, les
explosions aussi. Mais il fallait continuer la mission, quel que soit le danger.
Le zombie en flammes apparut à l'angle d'une
ruine et s'arrêta, médusé. Il tenta une fuite,
mais Garand le tenait déjà en joue avec son fusil automatique à lunette et le tua net sur le
coup. Le cri du zombie n'était pas un cri de douleur, c'était un cri de rage... Le corps s'écroula,
touché en plein cœur et la mort survint rapidement. Mais ce ne fut pas pour autant une raison
de cesser le feu, au contraire, Jean avait couru
et le lance-flammes fut actionné et grilla le
corps sans répit alors que les autres le mitrail-
lèrent tellement qu'il finit par tomber en morceaux, la tête en bouillie.
Jean passa ensuite aux deux autres corps qu'il
enflamma de la même manière.

Alors que les bombardiers alliés approchaient dans une deuxième vague, ils rassemblèrent les trois restes carbonisés dans une épouvantable odeur de chair brûlée et continuèrent au lance-flammes et à la mitraille à décomposer les corps en petites parties distinctes et rôties. Une abomination nécessaire.

Au bord de l'épuisement et à court de munitions, ils furent bien obligés de s'arrêter... Il restait encore une tâche macabre : éparpiller les restes. Il leur fallut encore une demi-heure pour le faire et se retrouvèrent couverts de suie et de sang autour d'Athanor qui les ramena à Espérance.

La nuit était tombée. Dans l'appartement de Lovecraft, ils allumèrent la télé sur une chaîne d'info... Rien de grave à signaler. Au vu de ce qui se passait à l'écran ils déduisirent que leur mission avait réussi. Ils allaient en avoir confirmation les jours qui suivirent.

Maintenant, ils ne se faisaient pas d'illusion. Abdul Alhazred n'était pas mort, il était prisonnier quelque part dans les vagues de l'espace-temps. Et le risque n'était pas nul qu'il parvienne un jour à réintégrer un corps ; il suffisait pour cela que quelqu'un de bien formé l'invoque, le convoque avec les méthodes adéquates et d'obtenir l'aide d'un des dieux lovecraftiens...

Table des matières